बेटी बचाओ

बेटी बचाओ

(विकलांग विमर्श आख्यान-गीत)

शकुन्तला शर्मा

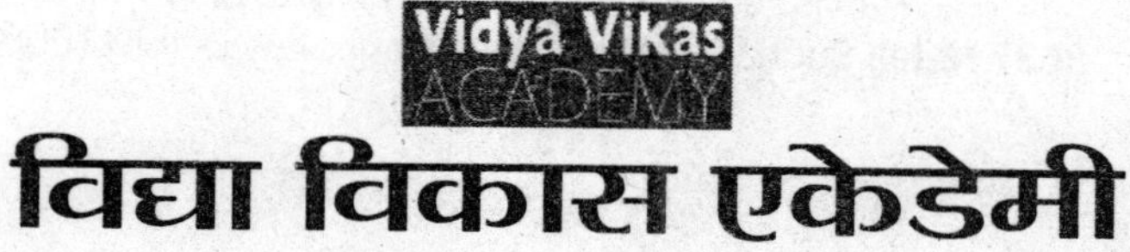

विद्या विकास एकेडेमी

प्रकाशक : **विद्या विकास एकेडेमी**
3637 नेताजी सुभाष मार्ग दरियागंज, नई दिल्ली-110002
सर्वाधिकार : सुरक्षित / संस्करण : 2026 / मूल्य : तीन सौ रुपए
मुद्रक : जयलक्ष्मी प्रिंटिंग प्रेस, दिल्ली ISBN 978-93-84343-41-5

BETI BACHAO
poems by Shakuntala Sharma ₹ 300.00
Published by **VIDYA VIKAS ACADEMY**
3637 Netaji Subhash Marg, Darya Ganj, New Delhi-110002

समर्पित

शनिवार, 13 अप्रैल, 2013

नरेंद्र मोदी

एक

मोदी बनता
प्रधानमंत्री फिर
देश बढ़ता।

दो

मोरार भाई
गांधी, शास्त्री भी है
नरेंद्र भाई।

तीन

नरेंद्र भाई
ज्यों लौट आए
वल्लभ भाई।

चार

मोदी के नैन
इतिहास लिखते
अनूठे बैन।

पाँच

मोदी सा शेर
दिल्ली में हो तो रिपु
हो जाएँ ढेर ।

छह

नरेंद्र मोदी
देश का भविष्य
आशाएँ बो दी।

सात

मोदी का यश
उन्हें न भाए पर
है परवश।

आठ

सुरक्षित है
देश मोदी के साथ
अभीप्सित है।

शकुन्तला शर्मा
भिलाई (छ.ग.)

आमुख

'बिन बेटी सूना है अँगना' हम सभी इस बात का अनुभव मन की गहराई से करते हैं, परन्तु

क्यों घर में नौकरानी सी पल रही है बेटी
लड़की है लकड़ी जैसी क्यों जल रही है बेटी?

संवेदना कहाँ है यह क्या हुआ मनुज को
बेबस सी रात-दिन यूँ क्यों रो रही है बेटी?

हर घर में असुर बैठा है नोचने को आतुर
जाए तो कहाँ जाए यह सोच रही है बेटी।

भर-पेट रोटियाँ भी मिलती कहाँ है उसको
बाजार में खड़ी है रोटी के लिए बेटी।

बेटी को दो सुरक्षा बेटे से कम नहीं वह
माँ-बाप का सहारा खुद बन रही है बेटी।

बहुत दिनों से आख्यान गीत लिखने की इच्छा थी। इसके कई कारण हैं, एक तो यह कि चौथी कक्षा में 'बाल भारती' पुस्तक में सुभद्रा

कुमारी चौहान का आख्यान गीत पढ़ा 'खूब लड़ी मर्दानी वह तो झाँसी वाली रानी थी' की लोकप्रियता और देश-प्रेम की भावना को बाल मन अब तक न भूला, न भूलेगा। दूसरा कारण, 'विकलांग-विमर्श' का साहित्य न लिख पाने की नाकामी। वस्तुतः 2010 में जब श्रद्धेय डॉ. विनय पाठक ने मुझसे कहा 'शकुन, विकलांग-विमर्श पर एक आलेख लिखकर भेज देना।' मैंने उन्हें 'हाँ' तो कह दिया पर मैं चाह कर भी इस विषय पर आलेख न लिख सकी। 2011 में उन्होंने फिर कहा, मैं फिर नहीं लिख पाई, अलबत्ता मैंने एक गीत लिखा। यह गीत मैं इसलिए लिख पाई, क्योंकि मैंने अनुभव किया, 'मैं विकलांग हूँ'।

बिना आँख के पढ़ लेते हैं हम सबके नयनों की भाषा
फिर भी हमने नहीं गढ़ी है किसी दूसरे की परिभाषा।

कोई भी संपूर्ण नहीं है सबमें कुछ-न-कुछ अभाव है
बाहर से कुछ नहीं दीखता पर भीतर में बड़ा घाव है।

चाहे जितना भी धिक्कारो हम तुमको अपना पाते हैं
अनुभव तो करते हैं पर अपना कहने में सकुचाते हैं।

इस पुस्तक के 'विकलांग-विमर्श' के पात्रों को मैं गरिमा-मंडित करना चाहती हूँ—सुंदर शिल्प, सुंदर कलेवर, रुचिकर कथ्य और रचना में आए पात्रों का स्वाभिमान अक्षुण्ण रहे, यही मेरा उद्देश्य रहा है। बेटी, जो आज भी उपेक्षित है, उसका महिमा-मंडन आवश्यक है। सुख-सुविधा और प्रतिष्ठा पर बेटी का उतना ही अधिकार है, जितना बेटे का। महिलाएँ आज भी अपने सामाजिक और आर्थिक अधिकारों से वंचित हैं और यही विषमता मानव के विकास में सबसे बड़ी बाधा बनकर खड़ी हुई है।

इस कथा–गीत को लिखते समय नाटक के समान इसका पूरा दृश्य मुझे दिखता था। गीतों में जो विविध पात्र हैं, वे मुझसे संभाषण करते थे। उनका कथोपकथन मुझे सुनाई देता था—'बेटी बचाओ' लिखते–लिखते मैं सैंकड़ों बार रोई हूँ। सभी गीतों ने मुझे रुलाया है, और जब इन्हें ब्लॉग पर लिख रही थी तब भी रोई हूँ। 'करगा' में मैंने लघुकथा के बहाने विकलांग–विमर्श को छुआ है और अब 'बेटी बचाओ : विकलांग–विमर्श' विचार–विमर्श के लिए आपके हाथों में है। मुझे पूरा विश्वास है कि इन सभी गीतों को आपका प्यार मिलेगा।

इस 'आख्यान गीत' को पाठकों के समक्ष प्रस्तुत करते हुए मुझे अत्यंत हर्ष एवं गर्व की अनुभूति हो रही है। इस रचना के लिए प्रत्यक्ष–परोक्ष सहयोग करने वालों के प्रति मैं कृतज्ञ हूँ। छत्तीसगढ़ राजभाषा आयोग से प्रकाशनार्थ मिले सहयोग के लिए विशेष आभार।

भवदीया

शकुन्तला शर्मा

मुझे भी कुछ कहना है

वरिष्ठ साहित्यकार और छत्तीसगढ़ की पहली कवयित्री के रूप में प्रतिष्ठित हिंदी और छत्तीसगढ़ी की सशक्त हस्ताक्षर शकुन्तला शर्मा की लेखनी में नित अभिनव निखार आता जा रहा है। वे बारह वर्ष की उम्र से लगातार लिख रही हैं। उनकी लेखनी का ही जादू और कमाल है कि वे अपनी नई-नई रचनाओं के माध्यम से हिंदी और छत्तीसगढ़ी के साहित्य भंडार में वृद्धि करती जा रही हैं। वे लेखनी जब उठाती हैं तो ऐसा लगता है कि साक्षात् वाग्देवी भगवती सरस्वती हैं या फिर उनकी वरद पुत्री। उनकी लेखनी लेखन की प्रत्येक विधा पर चलती है और एक नया संदेश देती है। उनकी अद्यतन रचनाएँ—कोसला, करगा, लय, ढाई आखर, संप्रेषण, इदं न मम, चंदा के छाँव म, कठोपनिषद्, विदुर नीति, चाणक्य नीति, शाकुंतल, कुमारसम्भव, रघुवंश, भारत स्वाभिमान मील का पत्थर साबित हुई हैं और पाठकों के मन में जगह बना ली हैं। उनकी रचनाओं के प्रति पाठकों में आकर्षण का अंदाजा इस बात से लगाया जा सकता है कि उनकी कृतियों का दूसरा और तीसरा संस्करण प्रकाशित होने जा रहा है।

वर्तमान 'बेटी बचाओ' कृति में संकलित और समाहित रचनाओं में शकुन्तला जी ने समाज के विभिन्न मुद्दों, विषयों और विसंगतियों को उठाया है तथा सटीक और प्रेरक संदेश दिए हैं ताकि लोगों की सोच बदले तथा एक रचनात्मक समाज का निर्माण हो, जहाँ समभाव,

सद्‌भाव और समरसता हो। शकुन्तला जी को इस कृति के लिए जितना धन्यवाद दिया जाए वह कम होगा। उनकी कृतियाँ 'ऋग्वेद' का हिंदी में पद्यानुवाद—दो पुस्तकें, 'बूड़ मरय नहकोनी दय' आदि भी प्रकाशनाधीन हैं। खास बात यह है कि शकुन्तला जी की लेखनी हिंदी और छत्तीसगढ़ी में समान रूप से चलती है। वे गद्य और पद्य दोनों लिखती हैं। उनकी चौदह पंद्रह पुस्तकें पहले से ही पाठकों के सामने हैं। ज्यादातर पुस्तकें पद्यात्मक हैं। उन्होंने संस्कृत साहित्य को भी अपनी रचनाओं का आधार बनाया है। इसी कारण कठोपनिषद्, विदुर नीति, चाणक्य नीति, कुमारसंभव, रघुवंश, शाकुंतल जैसे हिंदी और छत्तीसगढ़ी में पद्यानुवाद वाली पुस्तकें हमारी कीमती और ऐतिहासिक धरोहर बन सकी हैं। इति श्री···

डॉ. गणेश कौशिक

वरिष्ठ साहित्यकार, पत्रकार और लेखक

अध्यक्ष, छत्तीसगढ़ संस्कृत विद्यामंडलम् (बोर्ड)

छत्तीसगढ़ शासन रायपुर

मो. : 09977373393

इ-मेल : gsk1950.skt@gmail.com

भूमिका

'बेटी बचाओ' नारा देश को संयमित-संतुलित करने का संदेश संप्रेषित करता है। अजन्मी बेटी को दुनिया देखने के पूर्व मार डालना जघन्य हत्या तो है ही, सामंती सोच की शोषण वृत्ति और रूढ़िग्रस्त पारंपरिक प्रवृत्ति का पोषण भी है, जो प्रकारांतर में पुरुषवादी समाज के अहं की तुष्टि का कुत्सित स्वरूप दिग्दर्शित करता है। जन्म लेते ही बेटे और बेटी में अंतर निर्दिष्ट करना और जीवन पर्यंत इस भेद को बनाए-बढ़ाए रखना निम्न-निकृष्ट व सीमित संकुचित दृष्टि का प्रतिफलन है, जो अद्य-पर्यंत अक्षुण्ण है। शिक्षा शास्त्री और मनोवैज्ञानिक इस विषय को वैचारिक वितान विनिर्मित कर विवेचित विश्लेषित करते हैं, जबकि एक कवि संवेदना से संपृक्त कर इस तरह प्रस्तुत करता है कि वह सीधा मर्म को स्पर्श करता है। 'बेटी' वह भी यदि विकलांग हो तो भावना की छलाँग कविता में, आख्यानकर्ता का आश्रय ढूँढ़ती है और यदि लेखनी कवयित्री की हो तो 'सोने पे सुहागा' का मुहावरा मूर्त हो जाता है।

एक महिला साहित्यकार के रूप में शकुन्तला शर्मा देश-विदेश में छत्तीसगढ़ का नाम रोशन कर रही हैं। इनकी रचनाओं में इक्कीसवीं सदी के नव्य स्पर्श 'विकलांग-विमर्श' का वृत्त विनिर्मित करने का उद्यम उपस्थित है। छत्तीसगढ़ी की विकलांग-विमर्श विषयक लघु-कथाओं का संग्रह 'करगा' इनकी चर्चित कृति है और अब इसके बाद

‘बेटी बचाओ’ शीर्षक से विकलांग-विमर्श के आख्यानक गीतों का संग्रह प्रस्तुत हो जाना महत्त्वपूर्ण घटना का सूत्रपात ही कहा जाएगा। कवयित्री की घुमक्कड़-वृत्ति और अकादमिक, साहित्यिक, सामाजिक संस्थाओं के आमंत्रण पर सहर्ष उपस्थित होने की प्रवृत्ति ने उन्हें अनुभव का जो व्यापक धरातल दिया, उससे उनके विषय को भी असीम आकाश मिला। ‘जिन खोजा तिन पाइयाँ’ के अनुरूप रुचि-प्रवृत्ति की नींव ‘जहाँ चाह, वहाँ राह’ के भवन को आकार देती है तद्नुरूप शकुन्तला शर्मा, जो देखना चाह रही हैं, वह दृश्य उनके समक्ष प्रस्तुत हो जाता है। आस-पास से लेकर प्रदेश और देश-विदेश पर्यंत उन्हें जितने भी विकलांग मिले, उन्होंने उनके जीवन को जाँचकर और आदमियत को आँक कर आख्यानक गीतों का जो ताना-बाना रचा, वह हिंदी काव्य जगत के लिए भी नई भाव-भूमि प्रदान करती है। उन्होंने संग्रहीत इक्यावन विकलांगजन्य आख्यानक गीत लिखकर विकलांगों का, जो जीवन-दर्शन प्रस्तुत किया, वह अनुपम-अद्भुत है। इन कथा गीतों में कहीं भी विकलांग दया या कृपा के पात्र नहीं हैं। वे सभी आत्मबल के पथ से, आत्मनिर्भरता का गंतव्य ही प्राप्त नहीं करते, अपितु उत्कट-जिजीविषा के जज्बे को अक्षुण्ण रखकर उत्कर्ष को स्पर्श कर लेने का माद्दा भी रखते हैं। वे सकलांगों की तरह न शार्टकट का सहारा लेते हैं, और न ही बेईमानी और भ्रष्टाचार की सीढ़ी से आगे बढ़ने का तिकड़म करते हैं। सत्कर्म से सद्गति को सिद्ध करने और प्रतिभा तथा मेधा के आश्रय से गतिमान होने के लिए वे साधनामय कर्म को लक्ष्य बनाते हैं। अंग विशेष की अल्पता या शिथिलता के कारण प्रकृति ने इन्हें जो अतिरिक्त शक्ति-क्षमता प्रदान की है, उसे सक्रिय करके वे जटिल जीवन को विरल तथा प्रतिकूल स्थिति को अनुकूल बना लेने में सिद्ध हस्त होते हैं। ऐसे चरित्रों को खोजकर, प्रसंगों तथा घटनाओं को उकेर कर, आख्यान के रूप में अधिष्ठित कर, संवेदना के साँचे में

ढालकर, काव्य के रूप में अभिव्यक्त कर देना सरल कार्य नहीं है। यह शकुन्तला शर्मा जैसी सिद्ध कवयित्री से ही संभव है।

विकलांग को सहानुभूति नहीं, समानुभूति चाहिए, जो कवयित्री के मन में भरी हुई है--

'सरगुजा में एक संगवारी है पर उसके नहीं हैं दोनों हाथ।
वैसे तो हम दूर-दूर हैं पर मन से रहते हैं साथ-साथ॥'

निशक्त निर्विवाद रूप से अशक्त नहीं सशक्त हैं, जो अपनी प्रतिभा का लाभ समाज को समर्पित कर देते हैं--

'जिसको कमज़ोर समझते थे वह धुरी पड़ी सब पर भारी।
उससे साक्षात्कार हो गया यह भी है तकदीर हमारी॥
वह दुनिया भर में जानी जाती औषधि अन्वेषण करती है
नवजीवन जग को देती है सञ्जीवनी रग में भरती है॥'

विकलांगों की कर्मठता, ईमानदारी, सच्चरित्रता, उदारता, कृतज्ञता आदि नानाविध दिव्य-गुणों को अनावृत्त करके कवयित्री ने उनके साथ जो संलग्नता और अंतरंगता दिखलाई है, यही विकलांग-विमर्श का गंतव्य-मंतव्य है। उल्लेखनीय है कि सामान्य सी चोट या चुभन हमारा धीरज छीन लेती है परिणामतः हम उपचार और आराम करते हैं, जबकि एक अंग की अनुपस्थिति के बाद भी विकलांग-जन अपने कार्य को कुशलतापूर्वक अर्थात् सहर्ष संपादित कर लेते हैं--

'छोटी सी चोट से हम चिल्लाते लेते नहीं धैर्य से काम
कुछ भी काम नहीं कर पाते करते हैं दिन भर आराम।
पर बिना हाथ की होकर भी वह पैरों से करती है काम
जिजीविषा उसकी प्रणम्य है करती हूँ मैं उसे प्रणाम॥'

विकलांगों के मन में परोपकारिता व परदुःख कातरता है, वह सहज रूप से सकलांगों में संभव नहीं है--

'वाणी-वैभव से वंचित बुधिया इतना सब कुछ करती है
आओ उससे जाकर पूछे वह मन में क्या गुनती रहती है।
उसने लिख कर मुझे बताया यह जीवन है पर—उपकार
परोपकार में सच्चा सुख है यह ही है जीवन का आधार॥'

विकलांग पुष्पा सी.बी.आई. में अधिकारी है, जिसने डाकुओं से, रेल-यात्रियों को बचा कर स्फूर्ति-साहस और विवेक-युक्ति का जो करतब दिखाया, वह संतुलन-कुशलता व प्रबंधन-पटुता सचमुच प्रणम्य है— 'उस दिन पुष्पा ने मुझे बचाया मुझ पर है उसका एहसान
एक-हाथ वाली लड़की पर अब मुझको भी है अभिमान।
त्वरित सोच से ही दिखलाया अद्‌भुत अनुपम आस अदम्य
पराक्रमी है मेरी पुष्पा वह हस्ताक्षर है एक प्रणम्य।'

विकलांग किसी के आश्रय का मोहताज नहीं होना चाहता। वह अपना रास्ता बनाने और उस पर स्वतः प्रस्थित होने का पक्षपाती है—
'मदद किसी की लिए बिना ही देखो उसके उच्च-विचार
अपना काम स्वयं करती है नहीं किसी पर है वह भार।'

एक ही भाव-भूमि पर रचित कविताओं में पुनरुक्ति का प्रश्रय सहज है, लेकिन यह दोष के रूप में नहीं, अपितु विभिन्न-प्रसंगों में उसे पुष्ट करने की दृष्टि से प्रयुक्त है। इसी तरह लोक-कथाओं के 'लोक-अभिप्राय' की तरह वर्णन-साम्य [पुनरुक्ति-प्रयोग] काव्य को दुर्बल नहीं प्रत्युत सबल-समर्थ बनाने का संयोजन सिद्ध हुआ है—
'रात के पीछे दिन आता है दिन के पीछे आती रात
एक-एक दिन करते करते बीत गई कितनी बरसात।'

भाषा पर कवयित्री का जबर्दस्त अधिकार है। सरल-सहज होते हुए भी इनकी भाषा सरल-सुबोध है। अरबी-फारसी और अंग्रेजी के प्रचलित शब्दों के समाहार और यथावसर यत्किंचित् आंचलिकता के

व्यवहार से भाषा, भावों-विचारों को सम्प्रेषित कर पाने में सक्षम-समर्थ है। अलंकार भावोत्कर्ष में सहायक और छंद भावों के विधायक रूप में अलंकृत है। इस अभिनव कृति से यदि पाठकों को नई दशा व दिशा की ओर मंथन करने का सुअवसर प्राप्त हुआ तो यह इस कृति के प्रकाशन की सार्थकता होगी। शुभकामनाओं सहित—

डॉ. विनय कुमार पाठक

अध्यक्ष, छत्तीसगढ़ राजभाषा आयोग
एम.ए., पी-एच.डी., डी.लिट्. (हिंदी)
पी-एच.डी., डी.लिट्. (भाषाविज्ञान)

निदेशक : प्रयास प्रकाशन
सी-62, अज्ञेय नगर,
बिलासपुर-495001 (छत्तीसगढ़)
मो. : 09229879898

अनुक्रम

1

तुम भी मेहनत करके देखो

सरगुजा में एक संगवारी है पर उसके नहीं हैं दोनों हाथ
वैसे तो हम दूर-दूर हैं पर मन से रहते हैं साथ-साथ।

वह भटगाँव में रहती है और टुकनी रोज बनाती है
दोनों पाँवों को हाथ बनाकर मेहनत करके खाती है।

उस लड़की का नाम है लाजो अम्माँ के साथ में रहती है
माँ-बेटी मेहनत करती हैं जीवन की गाड़ी चलती है।

आज तो लाजो सोच रही है टुकनी को देना है आकार
सजा-धजाकर पेश करेगी तब ही होगा बेड़ा पार।

सूपा-डलिया सभी बनाया चटक रंग से उसे सजाया
हाथों-हाथ बिका था सब कुछ लाजो का मन भर आया।

रात के पीछे दिन आता है दिन के पीछे आती है रात
एक-एक दिन करते-करते बीत गई कितनी बरसात।

लाजो की फैक्टरी है सुंदर चलता रहता दिन भर काम
माल धड़ाधड़ बिक जाता है फैक्टरी लेती नहीं विराम।

ललित नाम का एक लड़का है वह फैक्टरी में मैनेजर है
लाजो उसके मन में बसती बात अभी बस मन में है।

ललित आज लाजो से मिलने एक गुलाब लेकर आया है
लाल रंग का वह गुलाब है लाजो का मन हर्षाया है।

रास बरग मिल गया है उनका बस होने वाली है शादी
सम्हर पखरकर रहते दोनों गहना लेकर आई है दादी।

लाजो ने मेहनत से पाया जीवन में एक नया मुकाम
तुम भी मेहनत करके देखो दोनों मिलता है माया-राम। □

2

अमर रहे यह हिंदुस्तान

अरुणाचल में एक लड़की है पर वह देख नहीं सकती है
पर उसको सुर मिला है सुंदर वह हरदम गाती रहती है।

बारह बरस की है वह लड़की नाम मिला है उसको माया
मन में गीत स्वयं रचती है मधुर विरासत उसने पाया।

माया की माँ सुंदर गाती है उसको मिला वही उपहार
अरुणाचल में सब कुछ अच्छा है मगर पड़ोसी है बेकार।

आए दिन दुंदुभि बजाते वे भारत में घुस आते हैं
सौ बार दिखाया सरहद उनको पर वे समझ नहीं पाते हैं।

पंद्रह अगस्त के मौके पर अरुणाचल जश्न मनाता है
यदि प्रधान अरुणाचल जाता तो दुःखी पड़ोसी हो जाता है।

इस अवसर पर माया को भी कहनी है कुछ मन की बात
सुर में पिरो दिया शब्दों को 'बोलो कितनी है औकात।'

'घुसे चले आते हो हरदम यह कैसी है रण की नीत
हम तो कभी नहीं घुसते हैं हमने तो सदा निभाई प्रीत।

दुनिया भर में पटा हुआ है बस तेरे ही घर का माल
फिर भी कैसी दरिद्रता है सबसे बड़ा है यही सवाल।

हम उद्यम करते हैं घर में नहीं झाँकते किसी का घर
तुम भी अपनी सीमा में ही सदा सिमटकर रहो मगर।

रक्तपात हम नहीं चाहते मगर नहीं हैं हम कमजोर
सज्जनता और कायरता में अंतर होता है पर घोर।

यह वसुधा कुटुंब है मेरा ऋषि-मुनियों की हम संतान
इम्तिहान न लो धीरज का जाग गया है हिंदुस्तान।'

यह उद्‌बोधन गीत अद्‌भुत था मंत्र मुग्ध सुन रहे थे लोग
करतल ध्वनि तब गूँज उठी है यह है माया का सुर योग।

मंत्रीजी थे वहाँ उपस्थित मिला है माया को उपहार
पाँच लाख का चेक मिला है यह है माया पर उपकार।

माया को अब पंख लग गए बढ़ा है खुद पर ही विश्वास
मैं अब कुछ भी कर सकती हूँ मैं भी बन सकती हूँ खास।

देश प्रेम बस गया है मन में ऐसा है मेरा देश महान
सब कुछ इसके लिए समर्पित अमर रहे यह हिंदुस्तान।

□

3

हिंदुस्तान बहुत सुंदर है

हिंदुस्तान बहुत सुंदर है पर सुंदर है हैदराबाद
हैदराबाद में घूम रही थी एक घटना मुझको है याद।

मुझको मोती खरीदना था थी चारमीनार के पास दुकान
मोती पिरो रही थी लड़की पर देख रही थी मैं हैरान।

उसके दोनों हाथ नहीं थे पाँवों से वह करती थी काम
जल्दी-जल्दी पिरो रही थी निपटाती थी काम तमाम।

कई मोतियों की मालाएँ मैंने मन से मोल लिया
भाव नहीं कम करवाए थे सबका वाजिब दाम दिया।

मन था एक बार लड़की से बात करूँ मैं अपने आप
पर परेशान न कर दे मालिक इस डर से लौटी चुपचाप।

छोटी सी चोट से हम चिल्लाते लेते नहीं धैर्य से काम
कुछ भी काम नहीं कर पाते करते हैं दिन भर आराम।

पर बिना हाथ की होकर भी वह पैरों से करती है काम
जिजीविषा उसकी प्रणम्य है करती हूँ मैं उसे प्रणाम।

हम सबका दायित्व यही है हम सब इनके काम आएँ
सुख-साधन उन तक पहुँचाएँ उनसे जुड़कर हाथ बँटाएँ।

मन में हाहाकार मचा है जब से उससे मिलकर आई हूँ
संभाषण भी हुआ नहीं है मैं बहुत-बहुत पछताई हूँ।

□

4

बस्तर में रहती है बुधिया

बस्तर में रहती है बुधिया पर वह बोल नहीं सकती है
सुंदर-सुघर-सलोनी है वह दसवीं कक्षा में पढ़ती है।

पढ़ने-लिखने में होशियार है वह अच्छे नंबर लाती है
घर में माँ का हाथ बँटाती दौड़ में वह अव्वल आती है।

लोक-नृत्य में वह प्रवीण है पंथी नृत्य किया करती है
'देवदास' को गुरु बनाकर प्रैक्टिस करती रहती है।

शाला का वार्षिक उत्सव है बुधिया पंथी नृत्य करेगी
सबसे अच्छा वही नाचती सबसे ऊपर वही चढ़ेगी।

मुख्य अतिथि मंत्री थे उनको पंथी बहुत पसंद आया
पाँच लाख इनाम दिए हैं राज्योत्सव में उसे बुलाया।

रात के पीछे दिन आता है दिन के पीछे आती रात
एक-एक दिन करते-करते बीत गई कितनी बरसात।

पंथी में माहिर है बुधिया दुनिया भर में है उसका नाम
कई देश में नाम कमाकर पाई है वह ईनाम तमाम।

अब वह बस्तर के बच्चों को पंथी हर रोज सिखाती है
एकलव्य सम देवदास के चरणों में माथ नवाती है।

फसल लहलहाती बुधिया की बच्चे अब पंथी करते हैं
पंथी का परिवार बन गया पंथी के पथ पर चलते हैं।

बुधिया ने घर नहीं बसाया बस्तर है उसका परिवार
यह जीवन पंथी को अर्पित पंथी है उसका संसार।

बुधिया बस्तर की बेटी है पंथी का करती विस्तार
मन में पंथी पल-पल पलता उसकी महिमा अपरंपार।

वाणी वैभव से वंचित बुधिया इतना सब कुछ करती है
आओ उससे जाकर पूछें मन में क्या गुनती रहती है।

उसने लिखकर मुझे बताया यह जीवन है पर उपकार
परहित में ही सच्चा सुख है यह है जीवन का आधार।

□

5

श्रीलंका के औषधि वन में

श्रीलंका के औषधि वन में एक वैद्य थी वह थी लँगड़ी
वह एक औषधि वैज्ञानिक थी जानकार थी बहुत बड़ी।

धुरी नाम था उस महिला का औषधि उद्यान में रहती थी
कैसे स्वस्थ रहें हम उसका उपक्रम वह फिर करती थी।

हर पौधा औषधि होता है 'धुरी' हमेशा यह कहती थी
'इसकी छाया में सुस्ता लो' हमको संप्रेषित करती थी।

चल-चलकर उद्यान दिखाया हम थके मगर वह चलती थी
एक-एक औषधि को छूकर उसका वर्णन वह करती थी।

उसने हमको चाय पिलाई इस चाय से चुस्ती आएगी
चाय सभी पी लो जल्दी से अब यही थकान मिटाएगी।

चाय थी या फिर थी संजीवनी अति अद्‌भुत था उसका स्वाद
थकान मिटी ऊर्जा भर आई वह अनुभव अब भी है याद।

तेल दिया फिर उसने हमको यही है आयुर्वेदिक तेल
अपने हाथों में इसे लगाओ हथेलियों में कर लो मेल।

हथेली से कुहनी तक आते जाओ यही तो सही तरीका है
नूतन ऊर्जा तुम्हें मिलेगी यह सबसे सही सलीका है।

जीवन जीने की विद्या भी उसने हम सबको सिखलाई
धुरी ने जो भी हमें बताया वह सभी युक्ति फिर काम आई।

जिसको कमजोर समझते थे वह धुरी पड़ी सब पर भारी
उससे साक्षात्कार हो गया यह भी है तकदीर हमारी।

वह दुनिया भर में जानी जाती औषधि अन्वेषण करती है
नव जीवन जग को देती है संजीवनी रग में भरती है।

उसके गरिमामय जीवन को करते हैं हम सभी प्रणाम
हे प्रभु सपना पूरा करना हम भी आएँ औरों के काम।

यह जीवन है एक तपस्या चलना सोच-समझकर आज
तुम कुछ ऐसा करके जाना महिमा मंडित हो मनुज समाज।

□

6

हस्ताक्षर है एक प्रणम्य

मुंबई-हावड़ा मेल में बैठी सोच रही थी मैं चुपचाप
दुर्ग पहुँचना था मुंबई से अनमनी हो गई अपने आप।

तभी सामने एक लड़की ने खींच लिया था मेरा ध्यान
लड़की का बस एक हाथ था बेचैन हो गई मैं अनजान।

उसके पास गई और जाकर चुपके से बस बैठ गई
आँखों में जल भर आया था आशंका आई कई-कई।

बहुत चाहती थी मैं उससे जी भरकर कुछ करूँ बात
पर नयनों ने स्वीकृति न दी जीत-हार की लगी बिसात।

कहना-सुनना हुआ नहीं कुछ "सब अपने पैसे ले आओ"
कहा किसी ने डाकू जैसे "अपना अपना पर्स दिखाओ।"

सावधान हो गए तभी हम लड़की ने फोन घुमाया था
स्टेशन आया रुकी रेल एक राक्षस हम तक आया था।

लड़की ने पिस्तौल छीनकर लात से चेहरे पर मारा था
तब तक पुलिस आ गई उसने उसको मजा चखाया था।

लड़की ने तब मुझे बताया वह सी.बी.आई. में अफसर है
पुष्पा नाम है उस लड़की का गरिमामय यह परिचय है।

पुष्पा मेरी मित्र बन गई बहुत मधुर है यह सौगात
संभाषण होता रहता है फोन-मेल से होती बात।

लक्ष्मीबाई कहती हूँ मैं पुष्पा हँसती रहती चुपचाप
"बाल बाल बच गए थे दीदी सोचती हूँ मैं अपने आप।"

उस दिन पुष्पा ने मुझे बचाया मुझ पर है उसका एहसान
एक हाथ वाली लड़की पर अब मुझको भी है अभिमान।

त्वरित सोच से ही दिखलाया अद्‌भुत अनुपम साहस अदम्य
पराक्रमी है मेरी पुष्पा वह हस्ताक्षर है एक प्रणम्य।

□

7

सबके मुख पर है मुस्कान

अमृतसर में रहती है रानी पर वह देख नहीं सकती है
सुंदर-सुघर-सलोनी है वह मेरी नानी यह कहती है।

रानी का स्वर बहुत मधुर है सुन कर हर गाना गाती है
पर 'हीर' में उसका मन रमता है वह बस गाती जाती है।

पढ़ना-लिखना नहीं जानती सुनकर ही कर लेती याद
गीत ही रानी का भोजन है भूल नहीं सकती है स्वाद।

उसके घर की माली हालत और भी बदतर होती जाती
यदि सैलानी को खुश करने रानी जब 'हीर' नहीं गाती।

उसकी माँ चौका बर्तन करके अपनी बेटी को पाल रही है
मैं कुछ काम करूँगी अम्माँ रानी उनके पास खड़ी है।

सैलानी अमृतसर आते हैं लोकगीत है वहाँ का 'हीर'
रानी 'हीर' की परी पुनीता भर देती है 'हीर' में पीर।

'हीर' और राँझे के किस्से को नहीं जानता जग में कौन
रो-रोकर सुनती है दुनिया और फिर हो जाती है मौन।

चंडीगढ़ में भी रानी का चलता ही रहता है प्रोग्राम
जिक्र अदब से होता रहता बड़ा हुआ है उसका नाम।

रात के पीछे दिन आता है दिन के पीछे आती है रात
एक-एक दिन करते-करते चली गई कितनी बरसात।

अब रानी का घर मुसकाता दिखता है वह घर खुशहाल
राजा नाम का एक लड़का आया पड़ोस में इसी साल।

दिखने में सुंदर है राजा रानी के आस-पास रहता है
मुँह से कुछ भी कहा नहीं है पर वह रानी पर मरता है।

'हीर' का गायक है राजा भी दोनों मिलकर गाते 'हीर'
राजा-रानी भी खूब समझते 'हीर' और 'राँझे' की पीर।

सम्हर पखरकर बैठी रानी आज है उसका जन्मदिवस
राजा आया तोहफा लेकर कहा—'मुबारक जन्मदिवस'।

मैं कैसा लगता हूँ तुमको करता हूँ तुमसे बेहद प्यार
आज सभी के सामने आकर प्यार का करता हूँ इजहार।

लगातार बज रही तालियाँ रानी का मन भी हर्षित है
रंग गुलाबी भी यह कहता राजा के लिए समर्पित है।

माँ ने मुँह मीठा किया सभी का सबके मुख पर है मुस्कान
गुण-दोषों पर भारी पड़ता कहते हैं सब वेद-पुराण। □

8

रह न जाए कहीं उधार

मनाली के एक मॉल में मैंने देखा एक लड़की बैठी है
महिलाओं के लायक चीजें एक दुकान में बेच रही है।

मैंने कुछ-कुछ लिया वहाँ से कहा—'इसको पैक कर दो'
दो हजार दस का वह बिल था मुझको यह पैसे दे-दो।

व्हील चेयर पर थी वह लड़की वह पैरों से थी लाचार
पर चेहरे पर शिकन नहीं थी टपक रहा था शिष्टाचार।

पैरों तले जमीन खिसक गई बस ऐसा था मेरा हाल
डबडबा गईं आँखें मेरी पर वही बनी थी मेरा ढाल।

"दीदी अपने पैसे ले लो और रख लो अपना सामान
कहाँ से आई हो बतलाओ और किधर का है अभियान।"

पर प्रश्नों का उत्तर देते-देते सहज कहाँ मैं ही रह पाई
भरे गले से निपटाया था पर आँसू को कहाँ रोक पाई?

'चलती हूँ' कह मुड़ी तभी मैं ध्यान से देखी उसकी ओर
उसकी आँखें भी गीली थीं दिखती थी करुणा की कोर।

बिन पैरों के स्वाभिमान से जीती है वह लड़की एक
हम सबको वह सिखलाती है राह दिखाती है वह नेक।

मदद किसी से लिए बिना ही देखो उसके उच्च विचार
अपना काम स्वयं करती है नहीं किसी पर है वह भार।

हम जीवन की महिमा समझें आओ कर लें पर उपकार
जीवन यह अनमोल बहुत है रह न जाए कहीं उधार।

□

9

केदारधाम में मैंने देखा

केदारधाम में मैंने देखा एक लँगड़ी दर्शन को अकुलाती
थक कर भले बैठ जाती मैं पर वह अविरल चलती जाती।

अचरज बहुत हुआ था मुझको खुद पर भी आता था क्रोध
पर जब वह मुझको समझाती फिर मुझको होता था बोध।

बात-बात में उस राही ने मुझको कुछ ऐसा उलझाया
केदारधाम अब पहुँच गए हैं मुझको समझ नहीं आया।

मुझे लगा यह पार्वती है वह मुझको खुद लेने आई है
उसने मुझ पर करुणा की है संगति का सुख समझाई है।

मंदिर में तो भीड़ बहुत थी पंडा पैसा माँग रहा था
पैसे से दर्शन नहीं करूँगी मैंने भी यह ठान लिया था।

मेरे मन में तुम बसते हो खुद को ही प्रणाम कर लूँगी
पर मंदिर में दर्शन करने का मैं पैसा कभी नहीं दूँगी।

सुबह जागकर देखा मैंने वह लँगड़ी सामने खड़ी थी
बोली—'आओ दर्शन कर लें' मंदिर में मुझे ले गई थी।

मैंने केदारनाथ को सचमुच नयन नीर का अर्घ्य दिया था
मेरे पास कुछ और नहीं था मैंने बस अर्चन मात्र किया था।

आते समय अकेली आई पर मन बहुत प्रफुल्लित था
जाने क्या मिल गया था मुझको क्या जानूँ कुछ अद्‌भुत था।

भगवान भाव में ही बसते हैं मूरत में कभी नहीं बसते
अर्चन भाव से ही होता है वेद पुराण यही कहते।

धन वैभव का जो मालिक है उसको हम क्या दे सकते हैं
पर यदि प्रेम से उसे पुकारें तो हम उससे मिल सकते हैं।

भाव का भूखा है परमात्मा प्रेम पुकार वही सुनता है
अपना-पन प्यारा है उसको प्रीत की चादर वह बुनता है।

□

10

नेवता देंगे तुम भी आना

पाती नाम की एक लड़की है वह पाटन में रहती है
बचपन से ही वह लँगड़ी है दसवीं कक्षा में पढ़ती है।

पढ़ने में वह होशियार है अव्वल नंबर वह आती है
छोटे-छोटे बच्चों को वह घर जाकर रोज पढ़ाती है।

पाटन उससे खुश रहता है पाती-पाती सब का प्यार
माँ चौका-बर्तन करती है किसी तरह चलता घर-बार।

जमुना गो रस दे देती है जमुना भी है बड़ा सहारा
दिन कट जाता है दोनों का प्रभु आश्रय है सदा हमारा।

दसवीं में थी बोर्ड परीक्षा पाती फिर अव्वल आई है
मौसी विमला ने खुश होकर तिपहिया उसे दिलाई है।

पाती को अब पंख लग गए खुद पर है उसको विश्वास
यदि जमुना को चारा दे दें तब गो रस बढ़ने की है आस।

सुबह-शाम जमुना का चारा लेकर खुद आती है पाती
गो रस अब हो गया है दुगुना पाती अब दूध-भात है खाती।

रात के पीछे दिन आ जाता दिन के पीछे आती है रात
एक-एक दिन करते-करते बीत गई कितनी बरसात।

शिक्षाकर्मी बन गई पाती अब मैडम वह कहलाती है
जिस शाला में वह स्वयं पढ़ी है उसमें आज पढ़ाती है।

पुलकित उसका सहपाठी है वह भी वहीं पढ़ाता है
दोनों साथ-साथ दिखते हैं पर पता नहीं क्या नाता है?

जमुना की बेटी लाली भी हँसकर जमुना से कहती है
"दीदी की शादी कब होगी दीदी मुझे प्यार करती है।"

जमुना ने उसको समझाया देखो पुलकित क्या कहता है
पाती की किस्मत में क्या है? वैसे वह समझदार लगता है।

पुलकित ने पाती से कह दी 'पाती मैं तुम्हें प्यार करता हूँ'
सुनकर पाती हुई गुलाबी 'मैं स्वीकार तुम्हें करता हूँ'।

पुलकित-पाती के बिहाव में नेवता देंगे तुम भी आना
बच्चों को असीस दे देना मन भर लडुवा-पपची खाना।

□

11

मेहनत का फल मीठा होता

घर भर में सन्नाटा छाया कानी-खोरी छोरी जन्मी है
माँ की छाती पर पत्थर है उसके मुँह में जमा दही है।

ढेली उसका नाम पड़ गया पहली कक्षा में आई है
वैद-विदुषी है उसकी माँ अपनी माँ की परछाईं है।

मोती जैसे अक्षर उसके वह पढ़ने में होशियार है
मन में पीड़ा अनुभव करती कड़वे सच पर वह सवार है।

दृष्टिकोण है निरा-निराला वह स्वभाव से ही खोजी है
कौतूहल है मन में इतना वह अद्वितीय है जो भी है।

रात के पीछे दिन आता है दिन के पीछे आती रात
एक-एक दिन करते-करते बीत गई कितनी बरसात।

ढेली अब-कॉलेज में पढ़ती है बायो की वह विद्यार्थी है
कुछ नया खोजती रहती अन्वेषण की अभिलाषी है।

माँ के संग-संग लगी है ढेली वह औषधि शोधन करती है
बरसों से वह लगी हुई है कुछ प्रयोग करती रहती है।

एक अनार के पौधे पर वह डाल रही है औषधि एक
जिससे पौधा थोड़े दिन में देगा बड़े अनार अनेक।

विज्ञानी ढेली की माँ ने कर दिया अचानक चमत्कार
पौधे से एक ही हफ्ते में हुई फलों की यह भरमार।

आग की तरह फैल गया है ढेली का यह आविष्कार
एक अनपढ़ घर की स्त्री ने किस तरह किया यह चमत्कार।

रातों-रात खास हो गई ढेली और ढेली की दायी
सुरक्षा-कर्मी घर आए हैं अब रक्षक ही हैं उत्तरदायी।

वनस्पति वैज्ञानिक के संग ढेली की माँ काम करेगी
कैंपस में ही एक बँगला है ढेली भी माँ के साथ रहेगी।

ढेली की किस्मत जागी है अद्भुत अवसर उसे मिला है
कानी-खोरी के आँचल में एक सुयोग का कुसुम खिला है।

मेहनत सदा रंग लाती है मेहनत करके देखो एक बार
मेहनत का फल मीठा होता देखो तुम भी बारम्बार।

□

12

दो हाथों की शक्ति अनूठी

कुसमी नामक एक गाँव है वह गाँव बहुत ही सुंदर है
अद्भुत है उसकी हरियाली तुलसी चौंरा घर-घर है।

रानी रहती इसी गाँव में वह एक पाँव से है लाचार
चलने में दिक्कत होती है करते सभी बुरा व्यवहार।

मनोयोग से पढ़ती रानी अव्वल नंबर से होती पास
दसवीं कक्षा में पढ़ती है स्मरण शक्ति है उसकी खास।

घर की हालत ठीक नहीं है केवल नाम से वह रानी है
माँ-बेटी रहती हैं घर में यह एक करुण कहानी है।

मुनगे के दो पेड़ हैं घर में बारह महीने वह फलता है
मुनगा बेच-बेचकर ही तो उन दोनों का पेट पलता है।

कारी नामक एक गाय है लोटा भर गो रस देती है
जिस दिन खाना नहीं मिला तो रानी गो रस पी लेती है।

दसवीं का रीजल्ट आ गया रानी ही अव्वल आई है
खुश होकर शाला प्रधान ने नई तिपहिया मँगवाई है।

रानी के मन में क्या आया मुनगे का सौ पेड़ लगाई
बाड़ी बहुत बड़ी है उनकी अपनी माँ को खुद समझाई।

नए पेड़ में भी फल आए घर आकर ले जाते लोग
मुनगा मीठा है सस्ता है सब करते हैं उनको सहयोग।

घर का चूल्हा मुसकाता है सुबह-शाम वह जलता है
'रानी की मेहनत रंग लाई' पूरा गाँव यही कहता है।

दो हाथों की शक्ति अनूठी बसते हैं इसमें भगवान
तुम भी मेहनत करके देखो मेहनत है सचमुच वरदान।

□

13

कविता से पेट नहीं भरता

अरुणाचल है कितना सुंदर जैसा गुण वैसा ही नाम
किंतु पड़ोसी की हरकत से होता रहता है बदनाम।

अरुणाचल में रहती अरुणा पर वह बोल नहीं सकती है
पर सुनने में वह माहिर है दसवीं कक्षा में पढ़ती है।

पढ़ने में वह होशियार है वह कक्षा में अव्वल आती है
वह कविताएँ भी लिखती है दशा दिशा वह बतलाती है।

कविता से पेट नहीं भरता है अरुणा भी करती है काम
उसकी माँ कपड़ा सीती है उसे मिल गया वही मुकाम।

अरुणा अपने कपड़े सीती अम्माँ का हाथ बँटाती है
काज-बटन भी करती है कपड़े को वही सजाती है।

बड़ी हो रही है अब अरुणा बड़ा हो गया उसका काम
उसने फैक्टरी लगाई अपनी कपड़े बनते जहाँ तमाम।

उस फैक्टरी में मात्र लड़कियाँ करती रहतीं अपना काम
सुंदर-सुंदर कपड़े बनते पर वाजिब हैं उनके-दाम।

घर खुशहाल हुआ हँसता है निपट अकेले में चुपचाप
उसने जो सोचा भी न था वह पाया है अपने आप।

अरुण जो उसका सहपाठी है अरुणा से मिलने आता है
दोनों अकसर बातें करते मन-से-मन का यह नाता है।

लगता है अब इन दोनों को बहुत दूर तक जाना है
हम सब भी तो यही चाहते अब इनका ब्याह रचाना है।

कर्मयोग की राह अनूठी दोषों पर पड़ती है भारी
उद्योगी सब कुछ पाता है नर हो या फिर हो वह नारी।

□

14

वृंदावन में रहती राधा

वृंदावन में रहती है राधा पर वह कानी है खोरी है
उसको सब अपमानित करते कहते हैं कोनी छोरी है।

राधा दसवीं में पढ़ती है पर पढ़ने में है वह होशियार
अव्वल वह आती शाला में नहीं जानती है वह हार।

माँ का छोटा सा पार्लर है राधा उसमें करती है काम
वह अच्छा मेकअप करती है अच्छे मिल जाते हैं दाम।

शादी के सीजन में पार्लर में बहुत लड़कियाँ आती हैं
राधा से मेकअप करवातीं खुश होकर सब जाती हैं।

बड़ा हो गया है पार्लर अब घर भी हुआ है अब खुशहाल
घर हँसता है मुसकाता है पार्लर को मिल गया है ढाल।

दुनिया भर में जानी जाती राधा की है कला महान
उसकी छुवन में ही जादू है सुंदर सौगात दिया भगवान।

अशुभ समझती दुनिया जिसको दुल्हन का करती शृंगार
अहो भाग्य है उस दुल्हन का जिसका करती राधा सिंगार।

मोहन राधा का सहपाठी है राधा से वह करता प्यार
दोनों आपस में मिलते हैं कर बैठा है वह इजहार।

राधा ने सोचा भी न था उसको मोहन मिल सकता है
पर उद्यम में अद्‌भुत बल है सबकुछ संभव हो सकता है।

राधा की मेहनत रंग लाई मिला है अब मोहन का साथ
उद्योगी ही सुख पाता है सबको करता वही सनाथ।

□

15

जीवन भर तुम रखना याद

गोदावरी के पूर्वी तट पर गाँव है एक आत्रेय पुरम
आंध्र राज्य में यह स्थित है यही गाँव है मधुर पुरम।

'पोंगल' पर आत्रेय पुरम में स्वादिष्ट मिठाई बनती है
नाम है उसका 'पुतरे-कुलु' यह सबको अच्छी लगती है।

आशा उसी गाँव में रहती पर आशा बोल नहीं सकती है
सुंदर-सुघर-सलोनी आशा दसवीं कक्षा में पढ़ती है।

'पोंगल' आया आशा के घर 'पुतरे-कुलु' जरूर बनेगा
माँ के संग वह लगी हुई है श्रम तो अब करना ही पड़ेगा।

'जया' नाम के चावल से ही बनता यह विशेष पकवान
सभी व्यवस्था हुई है पूरी काल चक्र होता बलवान।

एक-एक दिन करते-करते बीत गई कितनी बरसात
आशा कॉलेज पहुँच गई पर पेड़ से टूटा है एक पात।

आशा की माँ सत्-गति पाई बेटी निपट अकेली आज
गूँगी बच्ची जिएगी कैसे सोच रहा है सकल समाज।

'पुतरे-कुलु' बनाती आशा यह था जीने का आधार
उसे बेचकर पेट पालती काल चक्र का निठुर प्रहार।

धीरे-धीरे 'पुतरे-कुलु' ही बन बैठा उसका व्यवसाय
बड़े मजे से बिक जाता है प्रभु रहता है सदा-सहाय।

'पुतरे-कुलु' अब दुनिया भर में बड़े प्रेम से बिकता है
आशा आशा बनकर उभरी उसका मनोयोग दिखता है।

उद्योग जगत में अब आशा ने अपना नाम बढ़ाया है
'मैं भी सब कुछ कर सकती हूँ' इसी कथन को दोहराया है।

'अहम' नाम का एक लड़का है वह आशा को करता प्यार
बहुत लोकप्रिय गायक है वह कर बैठा है अब इजहार।

आशा को अब अहम मिल गया ईश्वर का है आशीर्वाद
उद्योगी ही सुख पाता है जीवन भर तुम रखना याद।

□

16

जो साहस से कदम बढ़ाता

भवतरा में एक लँगड़ी लड़की है उसका नाम सहोदरा है
सहोदरा को सभी चिढ़ाते पर उसने बस धीर धरा है।

सबका ध्यान सदा रखती है सबके प्रति सुंदर व्यवहार
दसवीं कक्षा में वह पढ़ती है सुंदर है आचार-विचार।

पढ़ने में वह होशियार है अपनी कक्षा में अव्वल आती
संस्कृत के मंत्रों को सुंदर वह लय में गाकर दोहराती।

षोडश संस्कार करवाती गाँव-गाँव में वह जाती है
पूरी श्रद्धा से वह सबका संस्कार खुद करवाती है।

जो कुछ इससे मिल जाता है घर में चूल्हा जलता है
सब्जी-भाजी आ जाती है किसी तरह घर चलता है।

बड़ी हो रही है सहोदरा बड़ा हो रहा उसका नाम
बारहवीं पास किया है उसने मिला तिपहिए का ईनाम।

अब सहोदरा की चर्चा होती पूरी दुनिया भर में आज
मंत्रों का सुंदर उच्चारण सुनता है यह सकल-समाज।

सहोदरा की सी.डी. बिकती दुनिया ध्यान से सुनती है
अनुष्ठान है मानव जीवन वह अपने मन में गुनती है।

संबल बार गाँव में रहता सहोदरा से करता प्यार
सहोदरा से मिलने आया कर बैठा फिर वह इजहार।

सहोदरा मन-ही-मन हँसती संबल अच्छा लगता है
जो साहस से कदम बढ़ाता संबल उसको मिलता है।

□

17

मन भर खीर सोंहारी खाओ

सुकमा जिले में रहती सरला पर वह बोल नहीं पाती है
पर उसके हाथ में जादू है वह खुमरी सुघर बनाती है।

दाई के साथ लगी रहती है छोटी है मेहनत करती है
नवमी कक्षा में पढ़ती है घर आकर खुमरी बुनती है।

बस्तर में बस्तर के बाहर खुमरी बहुत लोकप्रिय है
खुमरी सबसे बढ़िया रक्षक माँग बढ़ेगी निश्चित है।

छतरी टोपी का विकल्प यह कितना सुंदर दिखता है
आकर्षित करता वह सबको और धड़ल्ले से बिकता है।

एक-एक दिन करते-करते बीत गई कितनी बरसात
सरला ने फैक्ट्ररी डाली है खुमरी बनती दिन और रात।

घर की हालत हुई सुनहरी हँसता है वह घर चुपचाप
सरला भी हँसती रहती पर निपट अकेली अपने आप।

सावन उसका सहपाठी है फैक्टरी में वह करता काम
उन दोनों का घर आस-पास है दोनों का है 'स' से नाम।
सावन-सरला एक दूजे को करते हैं मन-ही-मन प्यार
चुगलखोर हैं आँखें उनकी कर बैठी हैं अब इजहार।

'शबरी' नदिया की कल-कल भी जान गई है प्यार की बात
दौड़-दौड़कर सबसे कहती प्यार की बातें सारी रात।

सरला-सावन के बिहाव में तुम भी आमंत्रित हो आओ
खुमरी का आनंद उठाओ मन भर खीर-सोंहारी खाओ।

□

18

बिन आँखों की इस बच्ची ने

सोनी गोवा में रहती है पर वह देख नहीं सकती है
पर तैराकी में अव्वल है वह पुरस्कार पाती रहती है।

बारह बरस की हुई है सोनी स्वीमिंग ही है उसका काम
यही जल परी जन प्रिय भी है तैराकी में बड़ा है नाम।

बड़ी-बड़ी स्पर्धा में भी सोनी पाती है पुरस्कार
टी.वी. चैनल पर वह छाई नहीं जानती है वह हार।

कठिन परिश्रम वह करती है उसका गुरु केवल अभ्यास
प्रैक्टिस पर है उसे भरोसा उस पर है पूरा विश्वास।

उसे देख सब प्रेरित होते वह सबको प्रोत्साहित करती
हम सबको अचरज होता है पर सोनी की हिम्मत बढ़ती।

छोटे-छोटे बच्चों को वह तैराकी के गुर सिखलाती
बहुत प्यार से उन बच्चों को तैराकी के गुण बतलाती।

सरकार से सुविधा मिलती है बस एक सुनहरा अवसर हो
विविध विधा के पुल हों पर वह एक कैंपस के भीतर हो।

सोनी ने जो सपना देखा था उसका पूरा हुआ है सपना
हर बच्चा पुल में आता है देश का हर बच्चा है अपना।

बिन आँखों की इस बच्ची ने खोल दी सबकी आँखें आज
संकल्प सभी के पूरे होंगे जब जागेगा सकल समाज।

□

19

मुझको आज समझ में आया

पटाया तट पर देखा मैंने लड़की मजे से तैर रही है
जब मैं उसके पास गई तो देखा वह लड़की लँगड़ी है।

बैंकॉक की वही जल परी पाती है अनगिन सम्मान
जेन नाम है उस बच्ची का अभी हुई उससे पहचान।

जब मैं उसके पास गई तो हाथ जोड़कर किया नमस्ते
तैराकी है पैशन उसका मुझे बताया हँसते-हँसते।

प्रतिदिन तीन-चार घंटे वह स्वीमिंग का करती अभ्यास
ओलंपिक में मेडल लाना है ऐसा है उसको विश्वास।

मैं भी सुनकर दंग रह गई जेन की उमर है सोलह साल
पर कर रही तपस्या ऐसी मन में अनगिन कठिन सवाल।

जेन की जिजीविषा है ऐसी जो कमजोरी पर भारी है
ओलंपिक में जाए-न-जाए बहुत है अब तक जो पाई है।

दया कर रही थी मैं उस पर उसने मुझे किया विषयांतर
'यह तो कुछ भी नहीं है आंटी' समझाया था ऐसा कहकर।

तन पर मन पड़ता है भारी जेन ने ही मुझको समझाया
मन मेरा कितना अतुल्य है मुझको आज समझ में आया।

□

20

क्वालालंपुर में एक लड़की

क्वालालंपुर में एक लड़की बेच रही थी आइसक्रीम
हँस-हँसकर वह कहती सबको खाओ आइसक्रीम सलीम।

एक हाथ ही था लड़की का पर चेहरे पर थी मुसकान
खाओ तुम आइसक्रीम हमारा तुम हो मेरे ही मेहमान।

दो रिंगिट है इसकी कीमत तुम खाकर देखो एक बार
टेस्टी हो तो रिंगिट देना वह कहती थी बारम्बार।

हम सब ने तो सोच लिया था आइसक्रीम सभी खाएँगे
दो रिंगिट ही देंगे उसको दाम नहीं कम करवाएँगे।

लड़की ने फिर हमें बताया 'मैं भी तो हूँ हिंदुस्तानी
पूर्वज यहाँ बसे थे आकर यही कहा करती है नानी।'

लाजो नाम था उस लड़की का हिंदी बढ़िया बोल रही थी
सुंदर-सुघर-सलोनी थी वह हम सबको वह तौल रही थी।

'लाजो घर में कौन-कौन हैं' 'मैं माँ के साथ में रहती हूँ
मेरी अम्माँ सर्विस करती हैं मैं आइसक्रीम बेचती हूँ।'

पीड़ा सबकी एक है लाजो हो मलेशिया या हिंदुस्तान
चलो बुलाता देश तुम्हारा एक ही माँ की हम संतान।

लाजो की आँखों में आँसू थे अपनेपन ने उसे रुलाया
अपने वतन लौट आए हम पर लाजो को नहीं भुलाया।

मन से कितनी समर्थ है लाजो यद्यपि तन से है लाचार
कर्म मार्ग पर जो चलता है उसका होता है बेड़ा पार।

□

21

कभी किसी पर बोझ न बनना

पहलगाँव की सुंदरता है अनुपम अद्‌भुत और अमोल
सरिताएँ हैं इतनी सुंदर मन-मोहक हैं इनके बोल।

देवदारु की घनी-छाँव है भाँति-भाँति के हैं आहार
सब अपने जैसे लगते हैं सबका है सुंदर व्यवहार।

मैं बाजार में घूम रही थी मैंने देखी है एक दुकान
बिना हाथ की लड़की बैठी बेच रही थी सब सामान।

मैं चौंकी तो उसने पूछा 'क्या लेना है मुझे बताओ'
मैंने कहा 'बादाम' तो उसने कहा 'आप अंदर आओ'।

जो लेना हो देख लो पहले जब पसंद आए तो लेना
बादाम सामने ही रखे हैं पैकेट को स्वयं उठा लेना।

पैकेट में लिखा है प्राइज आप मेरी टेबल पर रख दो
मैंने सौ का नोट दिखाया कृपया मुझे चेंज दे-दो।

मैंने पचास का नोट दिया जब उसने पैरों से उसे उठाया
और पर्स पर रखकर उसने अपने बारे में मुझे बताया।

मेरी माँ देख नहीं सकती है मैं इस दुकान को देखती हूँ
सेवक सामान जमा देता है मैं खुद सामान बेचती हूँ।

चेंज भी दे सकती थी आपको पर गल्ले में चेंज नहीं था
मैं मैनेज करती दोनों में कोई भी तो गलत नहीं था।

हाथ के सभी काम पाँव से मैं आसानी से करती हूँ
पर पाँव से पैसे देने से मैं खुद भी बचती रहती हूँ।

मेरी माँ ने मुझे सिखाया अपना काम स्वयं ही करना
स्वाभिमान है बहुत जरूरी कभी किसी पर बोझ न बनना।

□

22

राजस्थानी वीर भूमि पर

राजस्थानी वीर भूमि पर पिपलंत्री है एक प्यारा गाँव
जब गाँव में लड़की पैदा होती उसको मिलती शीतल छाँव।

एक सौ ग्यारह पेड़ लगाते हर बेटी को मिल जाता है
सुनने में सुकून मिलता है मन कितना सुख पाता है।

पिपलंत्री में रहती प्राची पर वह देख नहीं सकती है
क्या स्कूल कहाँ दें दीक्षा यह बात बहुत ही खलती है।

प्राची का स्वर बहुत मधुर है छोरी 'मॉड' में है उस्ताद
केसरिया से शुरू हुई तो उस्तादों से पाती फिर दाद।

दिखने-सुनने में सुंदर है सुंदर है उसका व्यवहार
अकलमंद भी बहुत है प्राची सबसे वह पाती है प्यार।

लोकगीत में वह माहिर है दुनिया भर में धूम मचाती
दुनिया उसकी दीवानी है रूप की रानी वह मन भाती।

पावन उसपर रीझ गया है वह मन मोहक बाँसुरी बजाता
प्राची के साथ-साथ रहता है पर कुछ कहने में सकुचाता।

आज है जन्मदिवस प्राची का पावन लाया है लाल गुलाब
हौले से कुछ कहा है उसने मन-मन में हुआ सवाल-जवाब।

दोनों आस-पास रहते हैं एक-दूजे का रखते हैं ध्यान
नागवार लगती अब दूरी प्राणों से मिल गए हैं प्रान।

चारों माता-पिता सजग हैं प्राची की है आज सगाई
सुर को संगत सदा चाहिए बात समझ में सबको आई।

केसरिया बालम देस पधारे प्राची को मिल गया है पावन
तुम भी हुनर सीख लो कोई जीवन बन जाता मन भावन।

□

23

केरल कितना हरा भरा है

केरल कितना हरा-भरा है खाने को मिलता काजू केला
ओणम में केरल आ जाओ घर-आँगन में लगता मेला।

केरल में रहती है कविता पर उसके दोनों हाथ नहीं हैं
पाँव हाथ बन गए हैं उसके हो जाता हर काम सही है।

कविता खुश है आज है ओणम नवा धान पाने का अवसर
आँगन में अल्पना सजेगी चौक फूल से बनता अकसर।

कविता ने अपने आँगन में फूलों से अल्पना बनाई
फिर पत्तों को आँचल जैसे वह अपनी अल्पना सजाई।

इतनी सुंदर बनी अल्पना अद्‌भुत अद्वितीय और अनुपम
उसकी कला के कायल सब है बनी अल्पना सुंदरतम।

दुनिया भर में अब है चर्चित कविता की वह सुंदर रचना
कविता ने सोचा भी न था कभी भी ऐसा सुंदर सपना।

हर कोई यह जान गया है नहीं हैं उसके दोनों हाथ
फिर भी लड़कों में होड़ मची है सभी चाहते उसका साथ।

कविता बोझ बनी थी घर पर आज सभी को है अभिमान
पाँच लाख देकर केरल ने किया है कविता का सम्मान।

वैभव-लक्ष्मी घर में आई घर का बदल गया व्यवहार
कल तक भोजन के लाले थे अब मिलता है फलाहार।

शब्द सयाना सा लड़का है वह कविता से करता प्यार
दो बीघा जमीन है उसकी कर बैठा है वह इजहार।

दोनों का घर आसपास है एक दूजे से वे परिचित हैं
शब्द भा गया है कविता को आगे दोनों की किस्मत है।

घर भी खुश है इस रिश्ते से बहुत पुरानी है पहचान
गुण-दोषों पर भारी पड़ता गुण की परख भी है आसान।

फिर अल्पना बनेगी सुंदर कविता का है आज निश्चयम
दूल्हा सजा-धजा बैठा है बाराती हैं आप और हम।

□

24

प्रेम दिवस

उज्जैन में रहती है एक लड़की उमा है उस बच्ची का नाम
पर वह देख नहीं सकती है कथा सुनाना उसका काम।

विक्रमादित्य की कथा सुनाती झूम-झूमकर वह गाती है
सैलानी जो बाहर से आते गा-गाकर उन्हें सुनाती है।

छोटे-बड़े सभी सुनते हैं वीर-विक्रम की वही कहानी
समाँ बाँधती है वह ऐसा सब सुनते हैं मीठी बानी।

उमा की चर्चा होती रहती दुनिया भर में इधर-उधर
टी.वी. चैनल पर भी उसका प्रोग्राम आता रहता अकसर।

आमदनी बढ़ गई है उसकी यश-वैभव भी बढ़ता जाता
रहन-सहन सब बदल गया है वैंभव अपना टशन दिखाता।

उमा के घर के पास ही रहता शंकर उसे प्यार करता है
पर कहने से झिझक रहा है मना न कर दे वह डरता है।

उमा जानती है शंकर को पर नहीं देखती कोई सपना
मन को समझाकर बैठी है कहाँ मिलेगा कोई अपना?

प्रेम-दिवस आ गया है यह तो उमा का ही है जन्मदिवस
शंकर गया उमा के घर में कहा 'मुबारक जन्मदिवस'।

भूल गई थी उमा स्वयं ही कि आज है उसका जन्मदिवस
पर जब शंकर मिलने आया स्वयं मन गया जन्मदिवस।

अब तो बस आने-जाने का सुंदर सा चल पड़ा सिलसिला
एक-दूजे का साथ मिल गया मन-से-मन का कुसुम खिला।

शंकर की एक गो-शाला है जिसका नाम है 'गोरस-घर'
वह गो-सेवा में रत रहता कहता है यह उज्जैन-शहर।

गो-शाला में इन दोनों की चर्चा होती रहती अकसर
धौंरी लाली से कहती है यह "उमा बहू है कितनी सुंदर।

जब वह गो-शाला आएगी उसको मिलेगा कितना प्यार
शंकर का अब घर बस जाए यही है हम सबका विचार।"

□

25

अच्छा है स्वयं सुधर जाओ

अगरतला की बात बताऊँ तुम सबको पूरब में ले जाऊँ
पड़ोसी आवाजाही करते किस-किसको यह बात बताऊँ?

रहो चैन से अपने घर में तुम भी करो सार्थक काम
मलमल को जीवित कर लो ढाका का हो उज्ज्वल नाम।

घुसपैठी अच्छे नहीं लगते जरा सोचकर देखो तुम
धीरज की भी एक सीमा है बरसों से सह रहे हैं हम।

सीमा है एक सुंदर लड़की अगरतला में वह रहती है
बोल नहीं सकती है सीमा पर वह दसवीं में पढ़ती है।

घुसपैठी कुहराम मचाते गड़बड़ करते हैं अपने आप
अगरतला है उनका अड्डा यह है भारत का संताप।

पड़ोसी की प्रत्येक चाल होती है भारत के प्रतिकूल
मन में उथल-पुथल रहती पर देते हैं जवाब माकूल।

कविता लिखती है वह सीमा सीमा की है उसको पहचान
सरहद शीर्षक की कविता से मिला है कविता को सम्मान।

"अपने घर में रहो शांति से मेहनत की रोटी खाओ
मेहनतकश भूखा नहीं सोता बस यह बात समझ जाओ।

ऊल-जलूल नशे की चीजें भारत में तुम लाना मत
ऐसा हाल करेंगे तेरा गलती से भी गफलत करना मत।

दुनिया बहुत बड़ी है जाओ अपने आप को आजमाओ
यदि फिर से घुसपैठ हुई तो देंगे सजा बाज आओ।

इम्तहान न लो भारत का सोच-समझकर कदम बढ़ाओ
पकड़-पकड़कर हम मारेंगे अच्छा है स्वयं सुधर जाओ।"

जल-थल-नभ तीनों ही सेना अगरतला में लगी हुई है
साथ में सीमा की कविता है जो बिन बोले सब बोल रही है।

गणतंत्र-दिवस के दिन सीमा का लाल किले में है सम्मान
दसवीं कक्षा की बच्ची ने देश में लाया नवा बिहान।

पड़ोसी समझदार लगता है घुसपैठ में कमी आई है
चेतावनी समझ में आ गई या सेना डरकर थर्राई है।

□

26

प्रायश्चित के आँसू आए हैं

मर्सी गोहाटी में रहती पर उसके दोनों पाँव नहीं हैं
हाथों से चलती है मर्सी पर स्वाभिमान में कमी नहीं है।

समझदार वह बहुत है उसकी वाणी भी ओजस्वी है
सुंदर श्याम सलोना चेहरा रोबदार है तेजस्वी है।

नवमी कक्षा में पढ़ती है स्कूल ने दिया उसे तिपहिया
पढ़ने में वह होशियार है बातें करती है बढ़िया-बढ़िया।

'गोहाटी विकसित हो कैसे' विषय है परिचर्चा का आज
मर्सी भी वक्ता है इसमें विकसित हो यह असम-समाज।

अपने-अपने मंतव्यों को बच्चों ने फिर प्रकट किया
जब बारी आई मर्सी की उसने सबका मन जीत लिया।

'उल्फा-बोड़ो चाल विदेशी सरहद पार से यह आती है
गोहाटी के विकास में बाधक नव-जवान को बहकाती है।

उल्फा हो या फिर बोड़ो हो नशे का चलता काला-खेल
असम-असम हो रहा है इसका प्रगति पंथ से नहीं है मेल।

उल्फा बोड़ो छोड़ भाइयो बन जाओ तुम भारतवासी
देश करेगा तभी तरक्की पाएँगे परिमल पूरनमासी।'

मर्सी ने बेबाकी से कह दिए अपने मन के सब उद्गार
दस-बारह लड़के आए थे विद्यालय का था वह दरबार।

शाला परिधान में थे वे लड़के बारहवीं में पढ़ते थे
पर पढ़ने में ध्यान कहाँ उल्टी-सीधी हरकत करते थे।

पर बड़े सलीके से लड़कों ने सबके आगे स्वीकार किया
मर्सी बहन सही कहती है सचमुच हमने अतिचार किया।

हम देश-धर्म को क्या जानें पर मर्सी ने हमें बताया
जिस मर्सी पर हम हँसते थे उसने हमको मार्ग दिखाया।

हम माँ की महिमा क्या जानें पर आज समझ में आया है
पड़ोसी के चक्कर में हमने अपना ही घर जलाया है।

हम प्रायश्चित करेंगे भारत माँ का मान बढ़ाएँगे
उज्ज्वल आँचल रहे निरंतर ऐसा कुछ कर जाएँगे।

जन्मभूमि जननी तुम हमको एक बार बस क्षमा करो
हमने ना-इनसाफी की है एक अवसर दो धीर-धरो।

आज से अब से तन-मन मेरा देश-धर्म के आए काम
हम सर्वस्व लुटाएँगे पर उज्ज्वल रहे देश का नाम।

इतना कहकर सारे लड़के प्राचार्य पाँव पर लेट गए
कान पकड़कर माफी माँगी बना रहे हैं मार्ग नए।

सब लड़कों ने मर्सी से भी कान पकड़कर माफी माँगी
प्रायश्चित के आँसू आए हैं वे सुधर गए जो कल थे दागी।

□

27

कत्थक योग

कानपुर में रहती कविता पर वह देख नहीं सकती है
कविता कत्थक सीख रही है नृत्य बहुत अच्छा करती है।

भाव प्रवण हैं उसकी आँखें पर उन आँखों में दृष्टि नहीं है
पर उसकी आँखें सुंदर हैं भले बहुत कुछ सही नहीं है।

कविता अपमानित होती पर उद्यम में है उसको विश्वास
अभ्यास गुरु है कहती कविता कत्थक का करती अभ्यास।

पहली बार मंच पर उसका आज कार्यक्रम होना है
उसके मन में घबराहट है पर बीज कर्म का बोना है।

हॉल खचाखच भरा हुआ है जन-जन कला पारखी है
कविता की है बड़ी परीक्षा पर परिणाम अभी बाकी है।

हॉल में पसरा है सन्नाटा इंतजार खुद गया है थक
मौन हो गया है सन्नाटा मुखर हो गया अब कत्थक।

पलकों ने गिरना बंद किया कविता को है यह आशीर्वाद
जैसे गूँगा गुड़ खाकर के नहीं बता सकता है स्वाद।

कलाकार बन गई हैं कविता दुनिया भर में बगरा नाम
सफल हुई है आज साधना मेहनत का अब मिला ईनाम।

अब तो आए दिन अकसर ही वह देती रहती है प्रोग्राम
शोहरत-दौलत दोनों आई मिला कला को नया मुकाम।

कत्थक की पर्याय है कविता उसको दिखता केवल कल
ऐसा रंगमंच बनवाया फल-फूल रहा है कत्थक दल।

यह कत्थक का रंगमंच है दुनिया भर से आते लोग
सभी बेटियाँ यहाँ परस्पर सीख रही हैं कत्थक योग।

बिन आँखों की उस बिटिया ने दुनिया को दिखलाया आज
औरों के बारे में भी सोचो विकसित होगा तभी समाज।

□

28

बनारसी साड़ी

बनारस में रहती है राधा पर राधा का बस है एक हाथ
बहुत परेशानी होती है पर हम सब हैं बेटी के साथ।

एक पाँव को हाथ बनाकर सभी काम वह कर लेती है
कठिन काम भी मिला अगर तो हँसते-हँसते कर देती है।

उसके अक्षर इतने बढ़िया कक्षा में सबसे सुंदर हैं
पढ़ने में भी वह अच्छी है दौड़ में भी वह अव्वल है।

दसवीं में पढ़ती है राधा सबसे सुंदर उसका व्यवहार
सबके साथ दोस्ती उसकी सुखकर है आचार-विचार।

मात-पिता की निपट अकेली लड़की है राधा है नाम
कढ़ाई करते सब साड़ी में यह ही है परिवार का काम।

राधा साथ लगी रहती पर नहीं है हाथ में अभी सफाई
अभ्यास गुरु है कहती राधा यह भी तो है एक पढ़ाई।

राधा-कॉलेज में पढ़ती है साड़ी में करती वही कढ़ाई
हाथों के बदले अब मशीन है हुनर की होती सदा बड़ाई।

राधा के घर बनी साड़ियाँ पूरी दुनिया में बिकती हैं
रहन-सहन भी बदल गया है राधा की सखियाँ कहती हैं।

आज ही राधा के कॉलेज में मना रहे हैं तुलसी जयंती
चौपाई अभी पढ़ेगी राधा मानस की है जो रसवंती।

बनारसी साड़ी में राधा दिखती है अद्‌भुत सुंदर
स्वर ऐसा सुगंध सोने में प्रसन्नता का है यह अवसर।

मुख्य अतिथि बनकर आया मोहन रीझ गया राधा पर
एक शब्द कुछ कहा नहीं पर आँखें सब कह जातीं अकसर।

बनारसी साड़ी का जादू बढ़-चढ़कर अब बोल रहा है
राधा-मोहन संग-संग दिखते दोनों का मन डोल रहा है।

सलमा राधा की संगवारी आँखों से कुछ बता रही है
मोहन को वह जीजू कहती है देखो कब लड्डू खिला रही है?

□

29

गूँगे का गुड़

सिक्किम बेहद सुंदर है उत्तर-पूरब में बसा हुआ है
वहाँ एक लँगड़ी लड़की है जिसको कमला नाम मिला है।

कमला नवमी में पढ़ती है माँ का छोटा सा पार्लर है
उस बच्ची के पिता नहीं हैं आय का स्रोत यही पार्लर है।

अपने छोटे से पार्लर में माँ के साथ लगी रहती है
एक से एक डिजाइन में वह बाल सेट किया करती है।

बाल बनाने में अब कमला कुशल हो रही है प्रतिदिन
हाथों में अब हुनर आ गया रहा बीतता एक-एक दिन।

कमला के हाथों का कमाल है पार्लर में बढ़ गई है भीड़
हर लड़की को वह खुश करके तलाशती है अपना नीड़।

एक-एक दिन करते-करते बीत गई कितनी बरसात
कमला ने अब बी.सी.ए. कर ली हर दिन होता नवा प्रभात।

बड़ी हो गई है अब कमला पार्लर भी अब बड़ा हो गया
हेयर-डिजाइनर है कमला उसका भी अब नाम हो गया।

उसके हाथों में जादू है हर लड़की खुश होकर जाती
कमला की मेहनत रंग लाई हर लड़की पार्लर में आती।

कंप्यूटर में प्रैक्टिस करती बड़ी लगन से करती काम
टी.वी. में इंटरव्यू होता कमला का हो गया है नाम।

एक निर्माता निर्देशक ने मुंबई में उसे बुलाया है
उसकी जिजीविषा के चलते फिल्मों का ऑफर आया है।

माँ-बेटी ने पूरे मन से ऑफर को स्वीकार किया है
सोच-समझकर ही दोनों ने प्लेन का टिकट ले लिया है।

मेहनत का फल मीठा होता है हमने भी अब जाना है
यह गूँगे के गुड़ जैसा है हमने अनुभव से माना है।

□

30

उपहार

कोलकाता में एक लड़की है उस बच्ची का प्रिया नाम है
प्रिया के दोनों हाथ नहीं हैं उस पर टूटा आसमान है।

प्रिया बोझ है पिता के लिए माँ भगवान् को हो गई प्यारी
प्रिया बहुत ही समझदार है ईश्वर की लीला है न्यारी।

उसके पाँव ही हाथ बन गए पेपर-पेंसिल से लिखती है
अनजाने कुछ चित्र बन गए उससे बातें करती है।

अभ्यास ही सबसे बड़ा गुरु है उसका तो बस वही है खेल
घर में निपट अकेली है वह पेंसिल-पेपर से है मेल।

कुत्ता-बिल्ली बहुत बनाई और बनाई सुंदर चिड़िया
पाँव में आती गई सफाई चित्र बने हैं बढ़िया-बढ़िया।

एक दिन माँ का चित्र बनाया रोना आया उसे देखकर
पिता को उसने दिखलाया है सुंदर कहा पिता ने हँसकर।

पंख लग गए तभी प्रिया के उसे मिल गई है संजीवनी
उसने पिता का चित्र बनाया कला में होती ऊर्जा कितनी?

बहुत खुश हुए पापा उसके ड्राइंग का दिया सभी सामान
अब तो प्रिया की बन आई है अब चित्र बनाना है आसान।

उसने मोदी का चित्र बनाया वह चित्र बहुत ही सुंदर है
फिर पिता ने नेट में डाल दिया यह एक अद्‌भुत अवसर है।

नरेंद्र भाई ने इसको देखा अद्‌भुत है यह कौन बनाया
जब मोदीजी ने पता किया तब पूरा सच सामने आया।

कोलकाता आ गए हैं मोदी प्रिया से उनको मिलना है
प्रिया के घर पर भीड़ लगी है प्रिया को भी कुछ कहना है।

''कलाकार है प्रिया हमारी मैं लेकर आया हूँ पुरस्कार
आज से यह मेरी बेटी है मिला कला को यह उपहार।

कला में यह बच्ची प्रवीण है बच्ची का हो सदा उन्नयन
हर सुविधा उपलब्ध इसे हो सुख का भी इसको दर्शन।''

बच्ची हँसती है जोर-जोर से और ठुमकने लगती है
किंतु आँख सबकी भर आई भरी आँख भी कुछ कहती है।

□

31

बेलन

धारवाड़ हुबली की बातें पास आओ तुम्हें बताती हूँ
मीरा नामक एक लड़की है मैं किस्सा तुम्हें सुनाती हूँ।

छठवीं में पढ़ती है मीरा पर वह बोल नहीं सकती है
पिता बढ़ई हैं उनके घर में लकड़ी की चीजें बनती है।

काम में मीरा भी रुचि लेती चुपचाप देखती रहती है
छोटा-मोटा काम पिता का वह ही खुद पूरा करती है।

खेल-कूद में वह आगे है पढ़ने-लिखने में भी है आगे
रेस में कोई पकड़ नहीं पाए चाहे वह कितना भी भागे।

एक-एक दिन करते-करते बीत गए कितने ही साल
मीरा कॉलेज में पहुँची पर बहुत बुरा है घर का हाल।

संकेतों में कहा पिता से अब बेलन हमें बनाना है
हाट में इसकी बड़ी माँग है अब पैसा हमें कमाना है।

बेलन बनना शुरू हो गया तुरंत माल बिक जाता है
मीरा भी इसमें लगी हुई है यह काम उसे भी भाता है।

पिता उसे समझाते रहते देखो यह बेलन-बेढब है
उसको प्रोत्साहित करते हैं अब देखो कितना सुंदर है।

कुशल हो गई है मीरा भी क्या गजब बनाती है बेलन
अब कई चेहरे हैं बेलन के धड़ल्ले से बिकता है बेलन।

आमदनी बढ़ गई है घर की हँसता है यह घर खुशहाल
माँ की आँखें भी हँसती हैं घर की करती है देखभाल।

उद्योग-जगत में धीरे-धीरे बेलन ने भी जगह बनाई
मीरा की फैक्टरी चल निकली होने लगी है खूब कमाई।

दुनिया के शहरों में भी अब मीरा का बेलन चलता है
बहुत लोकप्रिय है मीरा सब कुछ बेलन ही कहता है।

मोहन का रिश्ता आया है आज यहाँ मीरा के घर
दोनों एक साथ पढ़ते थे नहीं है कोई यहाँ अपर।

व्यस्त बहुत रहती है मीरा काम में ही है पूरा ध्यान
पर यह भी तो बड़ा काम है शुरू हो गया है अभियान।

रोज-रोज एक नया बहाना लेकर आ जाता है मोहन
मीरा संप्रेषित करती है बढ़ता जाता है सम्मोहन।

रात में दुनिया सो जाती है पर उसकी जीभ जागती है
मीरा मोहन की चर्चा में अकसर वह मुसकाती है।

□

32

बीहू

मिजोरम में मौसीन गाँव है उस गाँव में सुखिया रहती है
सुखिया के दोनों पाँव नहीं हैं वह हाथों से ही चलती है।

सबके लिए बोझ है सुखिया पर उसका स्वर बहुत मधुर है
उसके गीतों को सुनना भी सुख का ही स्वर्णिम अवसर है।

जनप्रिय अब हो गई है सुखिया लोक गीत में वह अव्वल है
बीहू में कमाल करती है उसका कल भी अब उज्ज्वल है।

गाते-गाते वह नाच रही है है न यह कमाल की बात
सभी कैमरे वहीं आ गए दुनिया भर में बगरी बात।

अब तो सुखिया की चाँदी है सब ले लेते हैं हाथो-हाथ
नहीं माँगती कभी सहारा फिर भी मिलता है सबका साथ।

तिपहिए पर चलती है सुखिया हरदम गाती रहती गीत
अब तो सुखिया भी बड़ी हो गई देखो कौन बनेगा मीत?

बीहू का नर्तक है सोहन वह सुखिया पर रीझ गया है
दोनों संग-संग दिखते हैं आम में आया बौर नया है।

बौर तो अच्छा ही लगता है खुशबू आकर्षित करती है
थोड़ा इंतजार यदि कर लें तो मुँह मीठा भी करती है।

मीठे आम हाट में आए हम सबने मीठे फल खाए
मीठा फल खाते-खाते फिर सुखिया-सोहन भी याद आए।

◻

33

कल्हण का कश्मीर

कल्हण के कश्मीर में केसर कितनी खुशबू कितना सुंदर
राजतरंगिणी की तरंग भी सब कुछ कहती है चुप रहकर।

मैं तो कालजयी रचना हूँ कोई मुझे भूल नहीं सकता
अद्‌भुत निधि हूँ मैं पूर्वज की हर कोई अभिनंदन करता।

पहलगाँव की बात बताऊँ आओ अब वहाँ घुमा लाऊँ
जाफरीन नामक लड़की है उस बच्ची की बात बताऊँ।

देख नहीं सकती है बच्ची पर करती है मंत्रोच्चार
वैदिक मंत्र याद हैं उसको वेद-ऋचा से करती प्यार।

आँखें सुंदर हैं दृष्टि नहीं है पर बड़े ध्यान से सुनती है
जो भी एक बार सुनती है उसको फिर मन में गुनती है।

फिर हू-ब-हू उसे दोहराती अचरज करते हैं सब लोग
जाफरीन है गार्गी जैसी जीवन का करती सदुपयोग।

सत्य-नारायण की पूजा हो या हो वैभव-लक्ष्मी पूजा
यज्ञ-होम हो जन्मदिवस हो जाफरीन करवाती पूजा।

जाफरीन है श्रेष्ठ पुरोहित वह सुंदर पूजा करवाती
दान-दक्षिणा जो मिलती है अम्मी के हाथों में पकड़ाती।

घर का खर्च निकल जाता है पर अम्मी करती है फिक्र
कैसे हो निकाह बच्ची का जब जाफरीन का होता जिक्र।

काल-चक्र चलता रहता है करता नहीं कभी विश्राम
दिन के बाद रात आती है समय-चक्र चलता अविराम।

जाफरीन अब बड़ी हो गई अम्मी अब हो गई हैं पस्त
जस पड़ोस में ही रहता है जाफरीन का वह है दोस्त।

दोनों का व्यवहार देखकर लगता है वे सहज नहीं है
पता नहीं क्या हुआ है इन्हें कुछ शुभ है जो हुआ सही है।

पर अम्मी सब समझ गई हैं वे पहुँची हैं जस के घर पर
उसकी माँ से बात हुई है शुभ-शुभ हुआ है जस के घर पर।

धूमधाम से हो गई शादी सबने आशीर्वाद दिया है
'एक दूजे के लिए बने हो' सबनें उनसे यही कहा है।

□

34

नीली

सोन में एक लँगड़ी लड़की है और नीली है उसका नाम
मिमीकरी करती है नीली हँसते रहना है उसका काम।

चौथी कक्षा में पढ़ती है उसको कोई भी नहीं चिढ़ाता
नीली में कुछ बात है ऐसी हर कोई उसका बन जाता।

छोटा-बड़ा हर कोई उसकी हाजिर-जवाब का कायल है
सबकी हू-ब-हू नकल करती सबके नयनों की काजल है।

गुरुजी हो या हो चपरासी उसकी नकल से बचा नहीं है
अनुष्का हो या हो कटरीना उसका सानी कहीं नहीं है।

हँसा-हँसा के लोट-पोट कर देना उसकी आदत है
हँसना कौन नहीं चाहेगा यह भी तो एक इबादत है।

राखी हो या हो ऐश्वर्या उससे कोई बच नहीं पाया
आमिर हो या हो वह माला उसने सबको बहुत हँसाया।

नेता गण भी बचे नहीं हैं नीली ने सबको धोया है
पेट पकड़कर हँसते हैं सब हास बीज उसने बोया है।

आस-पास के गाँवों में भी उसकी चर्चा होती अकसर
नीली कहते ही सब हँसते हँसने का ही होता अवसर।

पूरे गाँव की बेटी है वह हर घर है उसका परिवार
मुखिया ने कह दिया है सबसे गाँव ही है उसका आधार।

बड़े गुरुजी पिता सदृश हैं आज तिपहिया लाए हैं
जन्मदिवस के अवसर पर नीली को देने आए हैं।

नीली सबकी संजीवनी है उसको प्यार सभी करते हैं
पर जो औरों को अपना ले उसे दंडवत हम करते हैं।

□

35

जय-जय-जय हो हिंदुस्तान

बेटी बचाओ आंदोलन से जन-सामान्य बेखबर है
बहू नहीं मिलती बेटे को अभियान यहाँ बेअसर है।

बेटी आँगन की फुलवारी पुलकित परंपरा है पावन
उससे ही घर में रौनक है वह ही लेकर आती सावन।

मोहित के घर बेटी आई पर वह देख नहीं सकती है
कितनी सुंदर आँखें हैं पर उन आँखों में दृष्टि नहीं है।

मोहित है एक वंशी-वादक रोज बजाता राग-विहाग
अपनी धुन पर स्वयं झूमता राग से है उसको अनुराग।

काल-चक्र चलता रहता है कभी नहीं करता विश्राम
दिन के बाद रात आती है रात के बाद भोर अभिराम।

बारह बरस की हो गई बेटी पर स्कूल नहीं जाती है
पूरे दिन बाँसुरी बजाती और कभी गाना गाती है।

पिता की तरह वह गाती है वैसी ही बाँसुरी बजाती
पूरे गाँव में पता है सबको लता-लता जैसी ही गाती।

सांसद जमुना को भी उसके मीठे सुर की भनक मिली
मोहित के घर आई जमुना लता के मन की कली खिली।

उसके स्वर की सी.डी. लेकर जमुना दुनिया में पहुँचाई
लता खास बन गई स्वयं ही आज लता की बारी आई।

अखबारों में टी.वी. में भी उसका इंटरव्यू छपता है
गाँव-गाँव घर-घर में भी अब मधुर गीत बजता रहता है।

अब तो पैसा लगा बरसने मोहित के घर आई कार
बेटी ने शोहरत दिलवाई वायुयान में हुआ सवार।

लता बहुत सुंदर गाती है लेती है मुरकियाँ मधुर
दिया विधाता ने है उसको बहुत मधुर और अद्‌भुत सुर।

दुनिया भर के नाम चीन मंचों में होता है प्रोग्राम
विविध राग रागनियाँ लेकर आया है यह दिन अभिराम।

देश की पावन परंपरा का विश्व-पटल पर होता गान
आरंभ होता देस राग से जय-जय-जय हो हिंदुस्तान। □

36

शहनाई

सभी कोसते हैं बच्ची को बोल नहीं पाती है 'पाई'
पर सुनती है बहुत ध्यान से और बजाती है शहनाई।

पिता बजाते जब शहनाई तब बड़े ध्यान से सुनती है
वह चुपके से रियाज करती रागों की कड़ियाँ बुनती है।

उसका मन भी करता है कि वह प्रतिदिन जाए स्कूल
सब बच्चों के संग पढ़े वह कभी भी कोई हो न भूल।

'पाई' शहनाई बजा रही थी तो मास्टरजी ने देख लिया
बडे गुरुजी के संग आए 'पाई' के पिता से बात किया।

'पाई' का फिर हुआ दाखिला बेहद खुश है 'पाई' आज
ठुमक-ठुमककर नाच रही है मिला हो जैसे कोई ताज।

पढ़ने में है तेज बहुत वह बहुत ध्यान से सुनती है
उससे जब पूछा जाता है तब उत्तर में लिखती है।

वक्त भागता अपनी गति से पर है समय बड़ा बलवान
रुकता नहीं कभी भी लेकिन कर्मयोग ही है भगवान।

'पाई' अब कॉलेज में आई उसका परिचय भी आया है
कइयों ने उपहास किया है तो बहुतों ने अपनाया है।

तुलसी जयंती मना रहे हैं 'पाई' के कॉलेज में आज
मानस पर शहनाई वादन पर खुल सकता है यह राज।

'पाई' की शहनाई सुनकर पूरा कॉलेज आनंदित है
बहुत दिनों के बाद मिला यह कलाकार अभिनंदित है।

'पाई' सबकी मीत बन गई 'पाई' बनी आज सिरमौर
अपने घर में मिली प्रतिष्ठा उस पर किया सभी ने गौर।

सब अखबारों पर छाई है 'पाई' की सुमधुर शहनाई
शहनाई है 'पाई' या फिर 'पाई' ही बन गई शहनाई।

'पाई' के घर के आगे है मिलने वालों की भारी भीड़
हाथ जोड़ अभिवादन करती गद्‌गद है 'पाई' का नीड़।

एक बड़ा अधिकारी तब ही 'पाई' से मिलने आया है
उसने कहा दूरदर्शन में सर्विस का ऑफर लाया है।

'पाई' करने लगी नौकरी फिर घर की हालत ठीक हुई
गाड़ी पटरी पर आई है घर की काया निखर गई।

पावस नामक लड़के से फिर 'पाई' का मन मेल हो गया
जल तरंग वादक है पावस पनप रहा है दया-मया।

संग-संग अकसर दिखते हैं वे दोनों पावस और पाई
इस दुनिया की जीभ बताती बजने वाली है शहनाई।

□

37

मन का दीया जलाए रखना

बीना छोटी सी बच्ची है पर बीना है प्यार की मारी
अपमानित होती है घर में पर बीना है कितनी प्यारी।

बोल नहीं सकती है बीना पर पढ़ने का शौक बहुत है
पेंसिल को कागज पर घिसती चित्र बनाती वह अद्‌भुत है।

धीरे-धीरे उस बच्ची ने बिल्ली की एक तसवीर बनाई
फिर चिड़िया फिर चूहा-मोर सब पर अपना हाथ चलाई।

एक दिन बीना ने गाय बनाई फिर बन गया गाय का बछड़ा

सिखलाती थी अब माँ बोल पर बड़ा ढीठ था वह बछड़ा।
पर बीना भी तो जिद्‌दी थी माँ बोल यही था उसका कहना
फिर भी बछड़ा चुप ही था पर बीना को आ गया बोलना।

माँ-माँ कहती पल्ला भागी फौरन अपनी माँ के पास
माँ की आँखें भीग गई थीं आज मिला है माँ को खास।

देखो कभी निराश न होना आशा का दामन थामे रखना
जितना भी हो घोर अँधेरा मन का दीया जलाए रखना। □

38

देस-राग

सबसे सुंदर देश हमारा सुंदरतम है पर कश्मीर
माला एक लँगड़ी लड़की है रहती है सरहद के तीर।

गोलाबारी होती रहती आए दिन सरहद के पास
बचपन से वह देख रही है नहीं सुधरने की है आस।

माला सैनिक की बेटी है सुनती है वह भी ललकार
मन में वह सोचा करती है सौ-सौ बार तुझे धिक्कार।

तभी धुँधलके में माला ने काले साए को देख लिया
बंदूक तानकर फिर माला ने उस साए को मार दिया।

घर में घुसी तुरंत और वह लेट गई बिल्कुल चुपचाप
जब कोलाहल हुआ तभी वह उठकर आई अपने आप।

पिता ने जब पूछा आँखों से माला ने स्वीकार किया था
हाथ पीठ पर रखा पिता ने साहस का ईनाम दिया था।

सरहद समीप रहनेवाले भी सैनिक सम कर्तव्य निभाते
ईनाम भले ही मिले न मिले मातृभूमि के वे काम आते।

माला भीड़ से घिरी हुई है कोई भी नहीं देखता पाँव
उसकी बहादुरी दिखती है भौचक है अब पूरा गाँव।

□

39

जया की जीत

जया नाम है उस लड़की का जैसलमेर में रहती है
बचपन से ही वह लँगड़ी है उसकी अम्माँ कहती है।

पाँच ऊँट हैं उसके घर पर ऊँट सवारी करती है
सैलानी को वह खूब घुमाती माँड सुनाया करती है।

जया खुशमिजाज है लेकिन सबको वह खुश रखती है
दसवीं कक्षा में पढ़ती है खेल में भी आगे रहती है।

काल-चक्र चलता रहता है कभी नहीं करता विश्राम
दिन के बाद रात आती है पल-पल चलता है अविराम।

बी.ए. पास हो गई बिटिया पर ऊँट सवारी करती है
यह उसकी रोजी-रोटी है घर का ध्यान वही रखती है।

घर में माँ-बेटी रहती हैं पर घर की हालत पतली है
माँ पड़ोस में बरतन धोती गाड़ी ले-देकर चलती है।

जया के ऊँट बहुत अच्छे हैं स्वामिभक्त हैं वे सब ऊँट
जया उन्हें भाई कहती है कभी नहीं कहती है ऊँट।

जया ने मन में कुछ सोचा है अपने काम में देगी ध्यान
जब तक सर्विस नहीं मिली है चलेगा ऐसा ही अभियान।

सैलानी आते ही रहते हैं वह ऊँट सवारी भी करते हैं
पैसे भी मिल ही जाते हैं पर जया से लड़के जलते हैं।

लड़की हो एहसास करो तुम जया छोड़ दो अब यह काम
ऊँट तुम्हारे हम देखेंगे देते रहेंगे वाजिब-दाम।

जया को यह मंजूर नहीं है मैं अपना काम समझती हूँ
मुझ पर क्यों एहसान करोगे मैं अच्छे से जी सकती हूँ।

जया को अब मिल गई नौकरी वह लोकगीत में माहिर है
दूरदर्शन में मिली नौकरी यह भी अब जग-जाहिर है।

टी.वी. ऑफिस का एक सैलानी ऊँट सवारी करने आया
जया का ऊँट ही उसको भाया उसने उसको माँड सुनाया।

उसके भीतर के गायक को जीवन ने भी भाँप लिया था
घर की माली हालत को वह अच्छे से पहचान गया था।

अच्छी-खासी मिली नौकरी अब उनका घर हँसता है
अब भी है संघर्ष किंतु वह थोड़ा हल्का लगता है।

जया बहुत सुंदर दिखती है उसे चाहने लगा है जीवन
मुँह से कभी नहीं बोला पर मन में ही है भारी उलझन।

जया के मुँह पर तो ताला है पर जीवन ने चुप्पी तोड़ी
बहुत प्यार करता हूँ तुमसे नेह कड़ी उसने ही जोड़ी।

जया का मुख हो गया गुलाबी तब जीवन ने थामा हाथ
जया के घर की ओर गए हैं वे दोनों हैं अब साथ-साथ।

□

40

चौदह अगस्त की संध्या थी

चौदह अगस्त की संध्या थी वह देस राग की ही बहार थी
विचित्र वीणा का वादन था विभावरी वह कलाकार थी।

हम पहुँचे इसके पहले ही विभा वहाँ पर विराजमान थी
वीणा उसके हाथों में थी सरस्वती सम विद्यमान थी।

प्रोग्राम बहुत ही दिलकश था नाम था उसका 'देस राग'
शीर्षक सबको खूब जँचा था जैसे पँखुड़ियों बीच पराग।

परिचय की मोहताज नहीं थी विभावरी ने छेड़ी तार
जब वीणा के छिड़े तार तो अद्‌भुत थी उसकी झंकार।

आसा ने आलाप लिया था 'चिट्‌ठी आई हैं' वाला गीत
जनता खोई थी उस धुन में तभी हो गया गीत-अतीत।

करतल ध्वनि से हॉल भर गया यद्यपि आँखें भर आई थीं
वीणा चुप हो गई किंतु अब दर्शक-दीर्घा हर्षायी थी।

तभी विभा का परिचय देने आसा वरी वहाँ आई है
उसने कहा 'विभा अंधी है' वह मेरी ही सहोदरा है।

मैं भी देख नहीं सकती हूँ पर मैं भी गाती हूँ गीत
विभावरी वीणा पर होती मन बहलाता है संगीत।

सन्नाटा छा गया हॉल में पसरा था बस केवल मौन
यह क्या हुआ? क्यों हुआ ऐसा? ऐसी सजा दिया है कौन?

आसा विभावरी बहनों में ऐसी विचित्र सी थी झंकार
शब्द-तार मिल गए परस्पर अद्‌भुत था यह चमत्कार।

बिन आँखों की दो बहनों ने नयनों में भर दिया है जल
पर अद्‌भुत वरदान मिल गया अब उज्ज्वल है उनका कल।

□

41

दीये तुम्हारे सुंदर हैं

एक किशोरी है सुंदर सी वह दीया बेचने आई है
'दीये तुम्हारे सुंदर हैं' यह सुनकर वह शरमाई है।

मैंने सौ दीये खरीद लिये मैंने सोचा दाम सही है
नजर पड़ी उसके हाथों पर उसके तो दोनों हाथ नहीं हैं।

मेरी आँखें भर आई थीं साथ तुम्हारे अभी कौन है?
'अकेली हूँ माँ घर पर है' आधा उत्तर अभी मौन है।

माँ ने दीया बनाया होगा यहाँ से कितनी दूर है घर?
बच्ची मुसकाई फिर बोली 'चलिए यहीं पास है घर।'

मैंने जल्दी से फिर उसका मोल ले लिया सब सामान
उसको अपने साथ बिठाया यही लगा मुझको आसान।

उसके घर पहुँचे थे जब हम उसकी माँ बिस्तर पर थी
उसकी तबीयत ठीक नहीं थी वह बुखार से बेदम थी।

बिन पूछे ही मुझे बताया 'माँ की तबीयत ठीक नहीं है
मेरी माँ देख नहीं सकती घर में कुछ भी ठीक नहीं है।'

हम दोनों घर पर रहते हैं और हमारा नहीं है कोई
इन शब्दों को कहते-कहते लड़की फूट-फूटकर रोई।

मैंने वैद्य तुरंत बुलाया उसने आकर मुझे बताया
'प्राण नहीं है शेष देह में' तब मुझको भी रोना आया।

भगवान भास्कर के जाने में समय शेष था उसी समय
कुछ लोग आए देह ले गए माटी माटी में हुई विलय।

गाँव के मुखिया को समझाया लड़की को मैं घर ले आई
बच्ची आने को उत्सुक थी उसकी यह बात मुझे भाई।

अपने छोटे-छोटे पाँवों से दीया बनाती थी खुद बच्ची
बड़े गर्व से मुझे बताया बात है उसकी बिल्कुल सच्ची।

'शिल्पी' नाम दिया है मैंने अब वह मेरी ही बिटिया है
मेरा घर अब तक सूना था उसने सूनापन दूर किया है।

आज मेरे घर दीवाली है लक्ष्मी खुद चलकर आई है
मेरे घने अँधेरे घर में शिल्पी ही उजियारा लाई है।

□

42

कुबूल करो मेरा नमाज

केसर की खुशबू आती है ऐसा है कश्मीर हमारा
दृष्टि जहाँ भी बँध जाती है वहाँ से उठती नहीं दोबारा।

इस केसर की क्यारी में ही बसा हुआ है डोडा गाँव
लहूलुहान सदा रहता है दुश्मन का बन गया है ठाँव।

पड़ोसी की हरकत ऐसी है डोडा पर होता अत्याचार
उठकर कहीं भाग नहीं सकता डोडा है कितना लाचार।

डोडा में ही हया नाम की रहती है एक बच्ची प्यारी
पर वह बोल नहीं सकती है उस पर आई आफत भारी।

पर वह सैनिक की बेटी है वह सारी बात समझती है
कभी पड़ोसी की हरकत को वह हल्के में नहीं लेती है।

अब्बा जब छुट्टी पर आते सिखलाते हैं बंदूक चलाना
बड़े ध्यान से हया सीखती लगता है अब सही निशाना।

गोधूलि के समय जब हया अदा कर रही थी नमाज
तभी अचानक सुनी थी उसने सरहद के उस पार आवाज।

तीन-चार मुस्टंडे थे वे आए थे घुसपैठी बनकर
हया ने उनको देख लिया था करते थे वे ऐसा अकसर।

बंदूक उठाया आज हया ने मार दिया चारों को आज
फिर इत्मिनान से अदा किया है आज उसने अपना नमाज।

''ऐ खुदा पड़ोसी को समझा दे अपनी हरकत से आए बाज
नापाक़ हरक़्तों का जवाब है क़ुबूल करो मेरा नमाज।''

□

43

कुछ भी नहीं असंभव होता

राधा देख नहीं सकती है पढ़ने से भी वह वंचित है
सीख उसे मिलती है घर में बचपन में सुख वर्जित है।

सूनापन था साथी उसका सुख था बिल्कुल अनजाना
उसके रुदन में गान छिपा था रोकर उसने गाया गाना।

क्या सुंदर स्वर था राधा का राधा खुद पर रीझ गई
फिर मंदिर में जाकर उसने गीत सुनाए कई-कई।

मंदिर में भी भीड़ बहुत थी सबने उसका गीत सुना
बड़े पुजारी ने खुश होकर भजन के लिए उसे चुना।

मंदिर में वह रोज सुनाती श्याम को सुंदर-सुंदर गीत
उसकी विनती सुनी श्याम ने उसे बनाया मन का मीत।

पूरे देश में चर्चा है अब राधा के सुमधुर गायन की
यश वैभव सब कुछ मिलता है प्रेमपूर्ण पारायण की।

राधा के गीतों की सी.डी. दुनिया भर में अब है बिकती
यश का तरु फल–फूल रहा है भजनावलि दश दिशा महकती।

राधा रानी को मिलते हैं बड़े–बड़े अनगिन सम्मान
कमजोरी ही ताकत बन गई रुदन बन गया था वरदान।

हर मानव में कमजोरी है यह ही जब ताकत बन जाती
कुछ भी नहीं असंभव होता आशा ही बलवान बनाती।

□

44

उज्जैन में एक महिला रहती है

उज्जैन में एक महिला रहती है पर वह लँगड़ी है बेचारी
उसकी एक छोटी बच्ची है कैसे पाले भूख की मारी?

एक दिन मुझसे मिलने आई अपनी दिक्कत मुझे बताई
क्या आता है मुझे बताओ कुछ-कुछ आती मुझे सिलाई।

मेरी सहेली की फैक्टरी है क्या तुम उसमें काम करोगी
प्रतिदिन लंच मिलेगा नीता कम पैसों में काम करोगी?

अंधे को मिल गई थी लाठी आँखों में अब चमक आ गई
उसको फैक्टरी तक पहुँचाया मन माफिक वह काम पा गई।

उस फैक्टरी में महिलाएँ ही केवल करती हैं सब काम
बच्चों के कपड़े बनते हैं कुरता-कमीज और कई तमाम।

घर मिल गया वहाँ नीता को माँ के संग बेटी रहती है
बेटी वहाँ बहुत खुश रहती आँगनबाड़ी में वह पढ़ती है।

नीता का बढ़ गया है वेतन नमिता बारहवीं पढ़ती है
नमिता की पढ़ाई का खर्चा फैक्टरी स्वयं वहन करती है।

नमिता पढ़ने में होशियार है सी.ए. बनूँगी वह कहती है
देखो आगे क्या होता है मेहनत ही किस्मत गढ़ती है।

फैक्टरी के संग-संग नमिता भी अब तेजी से दौड़ रही है
उद्यम सदा सफल होता है यही बात सर्वदा सही है।

उद्योग-जगत में इस फैक्टरी को मिलते हैं अनेक सम्मान
महिलाएँ प्रोत्साहित होतीं उनका भी बढ़ता है मान।

नमिता अब सी.ए. बन करके इस फैक्टरी में आई है
नीता ने एक पार्टी दी है पर आँख उसकी भर आई है।

मैंने कभी नहीं सोचा था मेरी बेटी पढ़-लिख लेगी
यह फैक्टरी हम सबकी माँ है जीवन भर उपकार करेगी।

गला भर आया है नीता का बोल नहीं सकती कुछ और
पर जो उद्यम-पथ पर चलता वह पाता है उत्तम ठौर।

□

45

मेहँदी

अशुभ हो तुम निकलो इस घर से अपनी शक्ल दिखाना मत
पति अपनी पत्नी से बोला लौट के फिर अब आना मत।

राखी कानी है बचपन से सत्य बताकर हुई थी शादी
पिता ने दो बीघा जमीन दी पर देखो उसकी बरबादी।

ससुराल में सास-ननद-देवर भी हर कोई कहता है कानी
पति भी उसको कानी कहता कभी न बोला प्रेम की बानी।

रो-रोकर बदहाल थी राखी मात-पिता को बात बताई
फिर भाई जब लेने आया तो उसके साथ चली आई।

उसकी सखियों ने उसे सँभाला तू मेरे पार्लर में चलना
मेहँदी तो खूब लगाती है तू कल से यही काम तू करना।

राखी माला के पार्लर में मेहँदी की एक्सपर्ट बन गई
बस थोड़े दिन में राखी की उसके पार्लर में धाक जम गई।

मेहँदी में राखी प्रवीण थी खूब उसका मन लगता था
बारीकियाँ समझती थी वह कलाकार मन में पलता था।

मनपसंद वह काम मिला है राखी को यह रास आया है
हॉबी ही व्यवसाय बन गया निज को बहुत सहज पाया है।

थोड़े ही दिन में अब राखी मेहँदी का पर्याय बन गई
उसके हाथों की यह मेहँदी जगह-जगह मशहूर हो गई।

बड़े-बड़े घर की बहुएँ भी आती हैं राखी के पास
मेहंदी में भी होड़ लगी है राखी की मेहँदी है खास।

अब तो मिलते ही रहते हैं राखी को कितने सम्मान
पति का रुख भी नरम हुआ है राखी को मिल रहा है मान।

टी.वी. में इंटरव्यू देने राखी अकसर जाती रहती है
सबकुछ सच-सच कह देती है पति की दिक्कत बढ़ती है।

उसका पति लेने आया है कहता है 'मुझे माफ कर दो
भूल सभी से हो जाती है अब तो मुझे क्षमा कर दो।'

टी.वी. चैनल पर राखी ने चाहने वालों से पूछा है
'ससुराल जाऊँ या न जाऊँ तुम्हीं बताओ क्या करना है?'

नब्बे प्रतिशत जनता कहती 'राखी अब वहाँ नहीं जाना
जालिम हैं अपमान करेंगे उसकी बातों में मत आना।'

पति ने जिसको अशुभ कहा था हजारों दुल्हन सजा रही है
लंबी लाइन में लगकर भी दुल्हन मेहँदी रचा रही है।

उसकी मेहँदी दुनिया भर में बढ़-चढ़कर अब बोल रही है
दकियानूसी परंपरा की पोल मेहँदी खोल रही है।

तिरस्कार मत करो किसी का हर मानव का हो सम्मान
पति ने अशुभ कहा राखी को अब दीन-हीन है वह इनसान।

□

46

मैं कुछ भी कर सकती हूँ

छत्तीसगढ़ की भैरी भौजी परिचय की मोहताज नहीं है
लाई बड़ी वाली कहलाती यही विशेषण आज सही है।

एक समय था जब घर भर में होता था उनका उपहास
भैया भी संग छोड़ गए थे अब कहते हैं था परिहास।

निच्चट भैरी हावस भौजी कहकर ननदें चुटकी लेतीं
देवर पीठ के पीछे हँसते सास हजार गालियाँ देतीं।

डटकर काम करा लेते थे खाने को मिलता था उपवास
हार गई जब भैरी भौजी तब छोड़ा अपना आवास।

दीन-हीन दुखियारी खुद थी पर मन था जैसे फौलाद
एक टोकरी धान को लेकर लाई फोड़कर किया निनाद।

लाई से फिर बड़ी बनाई लगी बेचने बड़ी बनाकर
लाई बड़ी बहुत अच्छी है सबने यही कहा था खाकर।

धीरे-धीरे गाँव के बाहर लाई बड़ी ने जगह बनाई
अपने जैसों को संग लेकर फिर एक फैक्टरी तभी लगाई।

ऑर्डर पर ऑर्डर आते हैं अब भैरी भौजी के पास
लाई बड़ी बाजार में पसरी रहता है चारों ओर प्रवास।

पूरे देश में भैरी भौजी पाती रहती हैं सम्मान
पूरा देश साथ है उनके अपमान बन गया है वरदान।

जीवन में कभी निराश न होना भैरी भौजी ने सिखलाया
रात अँधेरी जितनी भी हो राह दीये ने खुद दिखलाया।

□

47

छत्तीसगढ़ में है एक गाँव

छत्तीसगढ़ में एक गाँव है जिसका नाम कोसला है
कौसल्या का पीहर है वह सरोवरों के बीच पला है।

उसी गाँव में लूली-लँगड़ी एक लड़की है सुकवारा
सब उसको अपमानित करते कहते हैं फोकट पारा।

किसी तरह पाँचवीं पास की अब घर वाले हार गए हैं
नहीं पढ़ा सकते अब आगे कह कर उसे पछाड़ गए हैं।

सुकवारा में हुनर बहुत है सबकी करती सहज नकल
तोता-कोयल-चिड़िया-बंदर सुकवारा है सदा सफल।

कुत्ता-बिल्ली या उल्लू हो मुश्किल है फर्क समझ पाना
बड़ी सहजता से करती है नकल हमेशा सोलह आना।

केजरीवाल हो या मोदी हो सोनिया हो या फिर अमिताभ
सुकवारा सब में पारंगत है इसी हुनर का मिलता लाभ।

सुकवारा के संग कला भी प्रतिदिन रूप बदलती है
सुकवारा की कला दिन-ब-दिन और भी खूब निखरती है।

बड़े-बड़े शहरों में उसका होता रहता है प्रोग्राम
मिमिक्री है बहुत लोकप्रिय इसका मिलता है ईनाम।

उससे मिलने वालों की अब लंबी लाइन लगती है
विकलांगता नजर नहीं आती हुनर की तूती बोलती है।

वाणी का वैभव अतुलित है इसमें है अद्‌भुत सम्मान
उद्यम से सब कुछ संभव है जीवन बन जाता है वरदान।

□

48

उद्यम से पारो ने पाया

देश का दिल भोपाल हमारा कितना सुंदर कितना प्यारा
एक बार तुम आकर देखो तुम फिर आओगे दोबारा।

हबीबगंज में एक मोहल्ला पारस सिटी है जिसका नाम
भाईचारे की मिसाल है बसते हैं जो यहाँ तमाम।

इस बस्ती की बात बताऊँ एक लड़की की कहूँ कहानी
एक लँगड़ी लड़की है पारो पर पारो है बड़ी सयानी।

करुण कथा है पारो का पति किसी और के साथ गया है
कारण इसकी दो बेटी हैं मुझको बेटा नहीं मिला है।

उस मूरख को कौन बताए इसमें पारो का नहीं है दोष
बिना दोष की सजा भुगतती धरती है मन में संतोष।

वह झाड़ू-पोंछा करती है दोनों बच्चों को पोंस रही है
कथा बताते समय स्वयं ही अपने आपको कोस रही है।

पच्चीस बरस की है बेचारी अपमानित होकर जीती है
डटकर काम किया करती है तिरस्कार को वह पीती है।

एक दिन मैंने उसे बुलाया अच्छे से उसको समझाया
'लंच बनाकर बेचो पारो' विधि-विधान भी उसे बताया।

पारो को बात समझ में आई घर में शुरू हुआ यह काम
चार रोटियाँ साग अचार औरों से कुछ कम हैं दाम।

ग्राहक बढ़ते रहे निरंतर उसका बढ़ा आत्म-विश्वास
बच्चे पढ़ने जाते बस में वह स्कूल भी है कुछ खास।

अब पारो भी मुसकाती है पारो ने पाया परितोष
खुश-खुश रहते हैं बच्चे भी सबके मन में है संतोष।

बेटी डॉक्टर बनकर आई भोपाल में प्रैक्टिस करती है
आईआईटी मुंबई में छोटी आठ सेमेस्टर में पढ़ती है।

'रोटी-सब्जी' नाम से चलता पारो का यह पहुना घर
अपनापन है इस होटल में जैसे हो यह अपना घर।

उद्यम से पारो ने पाया जीवन में एक नया मुकाम
कर्म-योग की महिमा अद्‌भुत बन सकता है मनुज महान।

□

49

राग-भैरवी

छाया बचपन से लँगड़ी थी घरवाले बोझ समझते थे
लँगड़ी क्या स्कूल जाएगी यह सोच के घर पर रखते थे।

छाया का स्वर बहुत मधुर था वह हर गाना गा लेती थी
प्रतिदिन वह गाना गा-गाकर चिड़ियों को दाना देती थी।

उसी गाँव में गायक आया राग भैरवी उसने गाया
सबने उसको खूब सराहा पावन प्यार सभी का पाया।

'मेरे साथ कौन गाएगा दो गाना गाने का मन है'
छाया उठी मंच पर पहुँची 'गाने का मेरा भी मन है।'

दोनों ने जब सुर में गाया मंत्र-मुग्ध था पूरा गाँव
जन-जन भाव विभोर हो गया छाया को अब मिली है छाँव।

□

50

उद्यम यदि हम करें निरंतर

तरु बचपन से ही कानी थी सब करते थे उसका उपहास
अपमानित होती रहती थी फिर भी थी मन में एक आस।

खेल-कूद में आगे रहती मिलता रहता था ईनाम
पर सब कोई उसे चिढ़ाते कहते थे कानी को परनाम।

एक आँख से ही तरु का पर सही निशाना लगता था
तीरंदाजी में माहिर थी हर पुरस्कार बस उसका था।

स्कूल से उसको मिला सहारा सुविधा सब मिल जाती है
तरु जी-जान से भिड़ी हुई है मन भर खुशी यहाँ पाती है।

तीरंदाजी में अब तरु भी सफल हो गई बनी मिसाल
यश-वैभव इतना मिलता है तरु हो गई है माला-माल।

अब तो बड़े घरों से रिश्ते आए दिन आते रहते हैं
उद्यम यदि हम करें निरंतर तो हम भी सुख पा सकते हैं।

□

51

अब मौन हो गए हैं अक्षर

हिमाचल के प्रवास पर थी मनाली में मैं घूम रही थी
गुफा हिडिंबा देख रही थी देवदारु के पास खड़ी थी।

माला लेकर एक लड़की आई 'माला की माला खरीद लो'
माला की माला सुंदर थी 'माला कितने की है बोलो?'

'दीदी के लिए दाम कम होगा मुझको दे दो केवल पचास'
'माला तो सुंदर है सचमुच पर ज्यादा है दाम पचास।'

'दीदी देखो और रखी हूँ' कहकर उसने पलटी मारी
एक पाँव से वह लँगड़ी थी दुःखी हुआ मन मेरा भारी।

मैंने दस मालाएँ ले लीं पाँच सौ का एक नोट दिया
वह चेंज खोजने लगी तभी मैंने खुद को ही हटा लिया।

मैं मालाएँ लेकर जल्दी से भीड़ में हो गई थी ओझल
मन-ही-मन मैं सोच रही थी यह माला मैं पहनूँगी कल।

पकड़ लिया माला ने मुझको दीदी तुम अपने पैसे ले लो
तुम जल्दी में निकल गई पर पैसे कैसे रखती बोलो?

दाम तुम्हीं ने कम करवाए और दे दिए ज्यादा दाम
रख लो अपने पैसे दीदी आएँगे कभी तुम्हारे काम।

मेरी आँखों में आँसू थे उसकी आँखें भी थीं साक्षर
चारों ने सब बात समझ ली अब मौन हो गए हैं अक्षर।